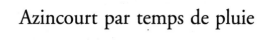

ROMANS DU MÊME AUTEUR

Éditions Julliard

Rainbow pour Rimbaud
L'œil de Pâques
Balade pour un père oublié
Darling
Bord cadre
Longues peines
Les lois de la gravité
Ô Verlaine !
Je, François Villon
Le Magasin des Suicides
Le Montespan
Mangez-le si vous voulez
Charly 9
Fleur de tonnerre
Héloïse, ouille !
Comme une respiration
Entrez dans la danse
Gare à Lou !

Mialet-Barrault Éditeurs

Crénom, Baudelaire !

Jean Teulé

Azincourt
par temps de pluie

roman

Mialet-Barrault Éditeurs
3, place de l'Odéon 75006 Paris

www.mialetbarrault.fr
© Mialet-Barrault, département de Flammarion, 2022
Illustrations : Dominique Gelli © Flammarion
Image p. 56 : © British Library Board.
All Rights Reserved / Bridgeman Images
ISBN : 978-2-0802-4344-7

Jeudi 24 octobre 1415

— Tiens, voilà aussi le poète !... Parmi les plis remuants de sa bannière trempée, on aperçoit un serpent couronné avalant un enfant. C'est celle du duc Charles d'Orléans !

— Oh, père, le neveu du souverain ? Il semble jeune d'allure.

— Vingt et un ans, à peu près votre âge, mes garçons. Son géniteur, frère cadet de Charles VI, ayant été assassiné, si Sa Majesté continue à perdre ses dauphins les uns après les autres, c'est ce gars-là arrivant avec la fin du jour qui deviendra roi de France.

« Oooh !... » s'en extasie en chœur le trio de rejetons entourant leur paternel : robuste quinquagénaire ganté de fer et couvert d'une longue tunique orange sur laquelle sont cousues des bandes jaunes horizontales.

En face, ruisselant d'eau coulant le long des manches de son manteau en peau de daim et coiffé du velours d'un petit bonnet bordé de perles, Charles d'Orléans, stoïque à cheval allant au pas près de son porte-étendard, s'approche des quatre qui le scrutent, pour être accueilli, par le plus âgé, d'un :

— Eh bien, on ne peut pas dire que vous nous apportez le beau temps, monseigneur ! Il pleut encore plus que lorsque nous sommes presque tous arrivés en début d'après-midi. Une semaine, paraît-il, que ça tombe ici continuellement à flots. On se demande même si, durant la nuit, la rivière près de Ruisseauville ne va pas se transformer en torrent et inonder une partie de notre campement.

— Qui sont ces trois soldats vêtus à vos couleurs, David de Rambures ?

— Mes fils : Jean dit « le Flameng », Hugues dit « le Danois » et Philippe, seigneur du Quesne. Ainsi que pour vous, ce sera leur première bataille. Tous s'impatientent de participer à la poursuite de l'ennemi héréditaire en déroute.

— Il me tarde de manger de l'Anglais, confirme Jean dit « le Flameng ».

Alors que, provenant de la Manche, un vent d'ouest, dans les toutes dernières lueurs du jour, déforme les nuages en de drôles de têtes, le neveu du roi, dont des rafales de pluie glacée cinglent le visage, regarde la campagne autour de lui et s'enquiert :

— Où sont-ils ?

— Devant vous, à l'autre bout de ce champ fraîchement labouré et semé de blé d'hiver, coincé entre l'épaisse forêt de Tramecourt et celle du village d'Azincourt dont on devine encore la silhouette des créneaux du petit château. On les estime à quinze cents pas, seulement quatre volées de carreaux d'arbalètes, mais même de jour on ne pourrait les apercevoir car étant au sommet de ce terrain légèrement en pente, ils se terrent à la bascule du plateau, regroupés dans le hameau de Maisoncelle.

— Ils se savent tous condamnés, ces délaissés par la Providence. Aucun n'en réchappera, promet Hugues dit « le Danois » en bombant le torse.

— Je ne suis donc pas arrivé après la fête, s'en réjouit le duc d'Orléans.

— L'affrontement se produira demain à l'aube, l'informe le robuste quinquagénaire.

— Sommes-nous maintenant au complet ? demande le neveu du roi.

— On attend encore le duc de Brabant passé d'abord célébrer un baptême en son château de Pernes à vingt lieues d'ici, et puis aussi le duc Jean V de Bretagne à la tête de deux mille hommes mais qui ne serait encore qu'au sud d'Amiens. Ceci dit on n'a pas besoin de lui. Nous voilà déjà largement assez nombreux. Regardez autour de vous, monseigneur, peut-être trente mille fringants alors que de l'autre côté du champ ils ne sont que six mille malades.

Parmi les fils va-t-en-guerre de David de Rambures, le troisième, Philippe, seigneur du Quesne, excité comme un poulain qui ne tient plus en place, s'esclaffe et se marre :

— Venus de la mer vers la mi-août pour atta-quer notre royaume par la Normandie, après avoir débarqué devant la petite ville fortifiée d'Harfleur qui, sans aucune aide de l'armée royale, s'est défendue vaillamment et dont la prise a beaucoup trop traîné à leur goût, les Anglais, ne s'attendant pas à une telle résistance, ont tellement souffert sur notre côte humide. Les vivres qu'ils avaient apportés ont moisi. Leur roi Henry V a donc renoncé à remonter la Seine, jusqu'à l'invasion de Paris et peut-être de toute la France…

Philippe parle maintenant plus fort à cause du vacarme de la pluie percutant les sonores visières relevées des casques métalliques entourant les têtes assourdies à proximité. Quel déluge ! mais le seigneur du Quesne poursuit :

— Début octobre, après avoir laissé dans Harfleur mille de ses hommes et tous ses canons parce que trop difficiles à transporter, le roi d'Angleterre a préféré longer la côte jusqu'à Calais, l'autre ville qu'ils détiennent en France, afin de retourner sur leur île. En route, ses troupes affamées et épuisées par des semaines de marche sous la pluie se sont jetées sur des moules de la baie de Somme, hélas pour eux avariées. Une dysenterie foudroyante a ravagé l'armée anglaise et a tué ses soldats par milliers. Stoppés au sud de ce champ et à seulement quinze lieues du port de Calais, ceux encore dans les bataillons doivent se sentir découragés…

— ... D'autant qu'ils se trouvent maintenant face à nous qui nous sommes lancés à leur poursuite et, après les avoir contournés, leur barrons le passage au nord de ce champ, intervient le Flameng, enthousiaste.

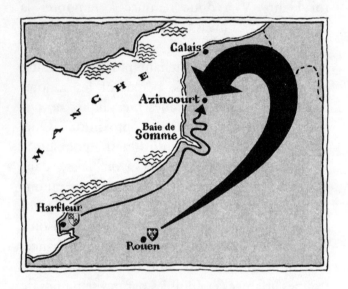

Ces jeunes intrépides n'ayant jamais combattu, dont Charles d'Orléans encore en selle, ont hâte de se couvrir de gloire et de faire grande bataille contre la famélique armée du roi d'Angleterre dont ils connaissent l'état des troupes si mal en point.

— Les moules de la baie de Somme ont presque suffi à tous les tuer, alors nous..., pouffe le Danois. Ne pas parvenir à réaliser ce qu'ont pu faire des moules pas fraîches serait un comble !

Pendant que tout le monde se bidonne, David de Rambures, découvrant derrière le cheval du duc des quantités de flambeaux qui approchent, s'exclame :

— Ah, mais, monseigneur, est-ce le vôtre ce contingent qui progresse à pied dans la gadoue ?

— Je conduis une troupe de cinq cents hommes rattachés à mon propre commandement, lui répond le possible futur roi de France aux yeux noisette, long nez pointu, mais aucun tireur de carreaux pour vous, grand maître des arbalétriers, précise-t-il à de Rambures qui ne s'en offusque guère :

— L'ensemble des seigneurs m'en a amené près de trois mille. C'est plus qu'il n'en faut. L'affaire sera vite réglée avec eux en première ligne.

Charles d'Orléans tique à l'écoute de cette dernière phrase pendant que le Flameng l'interroge :

— Mais vous-même, prince de sang, risquerez-vous demain votre peau comme tout autre combattant ?

— Je dois selon l'usage des grands mêler ma vie à celle de l'État.

— Notre père vous surnomme « le poète ».
En plus de l'épée, est-il vrai que vous maniez
également la chanson, le rondeau ou la ballade ?

— César aussi était poète. Il avait appelé sa
légion gauloise « *Alauda* », l'Alouette.

— Ah, c'est joli, apprécie Philippe. Vous
avez sans doute rimé pour votre belle…

— Je me suis vite retrouvé veuf.

— Oh, pardon, je l'ignorais.

Le jeune homme de très haut rang, à la gravité souriante mais qu'on sent pouvoir parfois
devenir trop ambitieux, emporté, prend son
autre tête de tendre prince rêveur en chu-
chotant :

> *Quant Souvenir me ramentoit*
> *La grant beauté dont estoit plaine*
> *Celle que mon cueur appelloit*
> *Sa seule dame souveraine,*
> *De tous biens la vraye fontaine,*
> *Qui est morte nouvellement,*
> *Je dy en pleurant tendrement :*
> *« Ce monde n'est que chose vaine ! »*

Parmi les tourbillons de l'averse prise dans le
vent, les fils du grand maître des arbalétriers
demeurent sous le charme des vers à peine perceptibles alors que leur père, moins sensible à

ce genre de trucs ou plus sourd, en interpelle
l'auteur :

— Derrière vous et de part et d'autre de
votre contingent, monseigneur, maintenant se
garent tant de chariots d'intendance !

— Ils transportent en abondance succulents
vivres, habits de guerre, vaisselles précieuses,
meubles rares, des armes et…

Du premier véhicule bâché un peu à droite
derrière le duc, une fille descend en s'envelop-
pant langoureusement d'un châle jaune par-
dessus sa robe blanche. Aussitôt les yeux de
David de Rambures s'écarquillent :

— Oh, mais c'est Fleur de lys, l'amulette, le
porte-bonheur des batailles ! La dernière fois
que j'ai baisé cette ribaude, annonce-t-il fièrement à ses fils, c'était avant la victoire d'Othée
contre les Liégeois, je crois, ou bien en préam-
bule de celle à Roosebeke face aux Flamands qui
y furent décimés. Est-ce que tu t'en souviens,
toi, coureuse aussi de remparts ?

— Comment pourrais-je en avoir mémoire ?
lui répond la jolie trentenaire. Depuis mes douze
ans, souvent à dos de mule, j'ai continuellement
chevauché, suivi et fréquenté tant de guerres.

Pendant qu'elle remonte sa chevelure châtain
pour y glisser des baguettes et la retenir au-dessus

de la nuque, le grand maître des arbalétriers fait l'article de la nouvelle venue :

— Mes garçons, Fleur de lys est bonne monture. Sa mère déjà l'était. Je me souviens qu'à la bataille de Poitiers…, puis il demande à la pute : Comment va-t-elle ?

— Elle est morte du mal français.

« Ah ? » grimace David de Rambures avant de s'adresser au duc d'Orléans :

— Mon grand-père a connu son arrière-grand-mère à Crécy. Quelle famille ! Et puis voyez comme elle respecte le code vestimentaire des catins à soldats : sur elle aucune gaze ou broderie, boutonnières dorées, perles, ni manteau de fourrure, mais un châle jaune pour que l'on sache qu'elle fait péché de son corps. Où sont les autres filles, monseigneur ?

— Je n'en ai conduit qu'une, recueillie au bord de la route. Elle m'a dit venir de Champagne et reconnaissez à propos de cette beauté qu'il s'agit de…

> *Celle qui est des ribaudes l'estoille*
> *Pour la feste plus embellir*

— Sans doute, mais une seule… Rien que concernant mes arbalétriers, ils ne pourront pas tous s'y dégorger les rognons !

— C'est au duc Jean V de Bretagne que fut confié le transport de trois cents Armoricaines destinées à divertir les hommes d'armes.

— Si, tellement en retard, il ne se trouve vraiment qu'au sud d'Amiens, les lanciers et les mercenaires des milices vont être énervés cette nuit.

— Peu me chaut, se débarrasse du problème Charles d'Orléans que le grand maître des arbalétriers commence à gonfler.

— La raison de cette bataille ? demande à David de Rambures la douce voix grave et envoûtante de Fleur de lys cherchant à changer de sujet.

— On veut empêcher les Anglais de rentrer chez eux.

— Vous préféreriez qu'ils restent en France ?

Le père des trois novices en matière de guerre agite ses pupilles au ciel (pluvieux) : « Elle est drôle et ne comprend rien à la chevalerie ! Mais bon, du moment qu'elle sait faire du bien aux chevaliers… Viens par ici ! » ajoute-t-il en l'attrapant brutalement par un bras et éclatant d'un rire de sanglier éventré. La fille tourne vers lui un sourire d'hermine aux petites dents cruelles. Le cheval du duc souffle des nuages. Des gens de trait en paire de braies et bottes s'approchent du châle jaune qui les aimante.

Parce que l'un d'eux tend son flambeau vers elle, un souffle de vent pousse sur Fleur de lys une gerbe d'étincelles. Le bas de sa robe se souille de boue. Le quinquagénaire emmène la docile en lui plaquant trop violemment au cul une main gantée de fer. Elle lâche un petit cri, se plie en deux, glapissant de douleur, ce qui déplaît à Charles d'Orléans. Dans son langage (orthographe, grammaire, conjugaison et vocabulaire) de poète médiéval, il prévient et menace le grand maître des arbalétriers :

> *Pensez donc de bien l'amer*
> *Et changiez vos vouloirs oultragieux*
> *Ou je vous feray guerre telle !*

Puis, à la gracieuse Champenoise qui pivote complètement son ravissant visage vers lui, il demande excuse en deux vers, et la tutoyant :

> *Très belle fleur, oncques je ne pensay*
> *Faire chose qui desplaire te doye*

Il voudrait aussi comprendre :
— Pourquoi venais-tu par là, Fleur de lys ?
— L'avoine me fait hennir.
— Pour t'enrichir donc.
— Oh, ce que je gagne denier après denier en ces endroits est loin du trésor de Venise.

Enfin, pour conclure, le neveu du roi questionne de Rambures :

— Où se trouve le commandant en chef de l'armée, Charles d'Albret ?

— En allant à gauche vous reconnaîtrez la bannière du connétable au sommet d'un mât près de sa tente, mais voilà le prévôt des maréchaux qui vous y conduira. Il vérifie aussi les ravitaillements et place les contingents de nouveaux arrivants.

Le grand maître des arbalétriers et la petite pute vont à droite. En souliers à talons plats, ses pieds à elle parfois dérapent dans la vase mais lui la rattrape alors par la taille et s'amuse à singer le poète :

Ne te plains plus car cause n'as pourquoy

Des torches enduites de poix flamboient. Des reflets argentés de cottes de mailles dansent. En façade de chariots débordants de mets, des écussons et des étendards s'exhibent. Des tonneaux de vin sont glissés dans le bourbier de toute une ville de tentes très colorées par de grands feux où l'on jette de la paille, du foin provenant des villages de Ruisseauville et d'Azincourt. Beaucoup s'approchent des brasiers afin de s'y réchauffer, sécher un peu leur gambison – veste de toile rembourrée – ou leur brigandine. Partout, c'est plein de rires, de bruits de gens qui crient, s'appellent, de boucans de pages en livrée ruisselante, de musiciens qui règlent leur vielle. Des valets promènent des chevaux pour qu'ils ne prennent pas froid. Les piétinements de leurs sabots dans la boue se mêlent à ceux des mules. Tout le camp militaire français illumine la nuit d'automne. C'est partout de la gaieté en pensant à l'ennemi là-bas qui sera broyé. Le robuste conduit la catin à soldats, lui rappelant :

— Te souviens-tu qu'avant l'affrontement de Roosebeke, ou bien était-ce celui d'Othée, dans le brouillard à quelques minutes de la bataille je te cherchais à tâtons ? Suite à la victoire nous avons tué aussi les prostituées des Flamands ou des Liégeois... mais après leur avoir fait l'amour ! Eh, chevalerie tout de même !

À l'écart au bord de la forêt d'Azincourt, les deux arrivent sous une oriflamme orange rayée de bandes jaunes – celle de David de Rambures – ondoyant et gouttant au-dessus de charrettes débâchées. Sur leurs plateaux gisent en vrac d'énormes tas d'arbalètes à rouet ou à treuil munies de systèmes de poulie, de manivelles. Le quinquagénaire entraîne la jeune femme derrière ces véhicules afin d'y jouer discrètement à cache-cache avec elle. Sous son châle jaune, la robe trempée de Fleur de lys colle à son corps et en annonce les formes. Longeant des armes de trait dégoulinantes, elle demande :

— Laissant tes arbalètes sous l'averse, tu ne crains pas que la pluie en détende les cordes ?

L'autre lui rétorque :

— Mais de quoi tu te mêles ?

* * *

— *Longbowmen*, que chacun décorde son arc pour mettre le fil de chanvre au sec.

Un peu en hauteur au sud de ce qui sera demain matin un champ de bataille, chaussé de bottes déchirées sous la peau de chevreuil râpée de ses braies et agitant son menton en galoche, un capitaine continue d'expliquer en anglais aux archers qui l'entourent :

— Que ceux parmi vous qui vont tête nue ou simplement coiffés d'osier enroulent la corde de leur arme afin de la donner à un autre qui se les entassera sur le crâne avant de le recouvrir de son casque en cuir bouilli. Ensuite, cherchez un abri où vous entretiendrez le matériel de guerre... mais tout ça en silence et seulement dans la pénombre sinon... Regardez par là, notre souverain Henry V.

Du côté indiqué, au centre du hameau de Maisoncelle, près d'un chêne centenaire aux branches étalées, le jeune roi d'Angleterre, vingt-neuf ans, habillé d'une cotte de mailles couverte d'une cape rouge décorée de trois léopards et tenant une épée à la lame ciselée, chevauche un destrier gris qu'il fait avancer. Extrémité nouée à l'arrière de la selle royale, une grosse corde se tend en passant par-dessus une branche de l'arbre et redescend verticalement jusqu'au cou d'un archer qui s'élève en l'air au fur et à mesure que le cheval progresse. Présentant à tous son profil gauche, le monarque des Anglais se retourne pour reluquer le condamné se débattant hors du sol sous la pluie. Il se secoue de spasmes éclaboussants puis s'immobilise, langue pendante. Le roi tranche la corde pendant qu'un *longbowman* regrette à voix très basse :

— Pendre un de ses archers comme s'il en avait trop pour demain matin affronter les Français...

Exposant son visage dans l'autre sens, Henry V laisse voir à la faible lueur d'un flambeau son profil droit ravagé par une énorme cicatrice qui épate encore ses soldats dont l'un se rappelle :

— Souvenir de la bataille de Shrewsbury...

Atteint profondément en plein visage par une flèche plantée sous l'œil et qui a bien failli le tuer, il fallut concevoir un outil spécial pour extraire de sa mâchoire démolie la pointe métallique du projectile. À cause de cela, s'adressant à tous, il articule mal, prononçant souvent « geu » le son « zeu » :

— J'avais dit aucune lumière intense et celui-là a enflammé une botte de foin prétextant qu'il ne voyait rien. J'exige aussi le silence. Si un noble fait du bruit je lui ferai ôter son armure et si c'est un archer il aura les oreilles tranchées.

Devant le teint très pâle, cheveux coupés au bol et regard glaçant du souverain à demi défiguré, certains partent vider leurs intestins derrière des buissons de houx, désirant ardemment que ce soit sans sonores flatulences. Moralement, les tireurs d'arc sont au plus bas. Ils n'ont plus envie de guerroyer. Ils voudraient rentrer chez eux. Pas rasés depuis des semaines, ils semblent tous être des vagabonds mais, suivant la discipline de fer du roi, ils n'osent sonner mot et s'éparpillent vers les étables, granges du hameau et de ses alentours d'où ont fui les paysans lorsqu'ils les ont vus arriver. Henry V, prenant ses quartiers dans une ferme de Maisoncelle, demande à son oncle, le duc d'York, et au comte de Suffolk qui l'accompagnent s'ils savent comment se nomme l'endroit où ils se trouvent. L'oncle répond à son royal neveu :

— Un paysan à qui je l'ai demandé pendant qu'on approchait m'en a dit le nom, que j'ai oublié.

Un peu plus loin dans la rue principale, entassés côte à côte et fesses posées sur le rebord en pierre d'un lavoir abrité par un toit de chaume pourri qui goutte jusqu'à des flaques au sol, un tapis de braises donne surtout de la fumée faisant tousser Ralph, John, Bradley… des gens aux prénoms pas d'ici mais qui pensent : « Aucune alternative, demain nous allons mourir. » Un oiseau de nuit s'envole. Un rouquin aux longs cheveux sales frôlant ses épaules le regarde :

— Ah, que n'ai-je ses ailes…

Ce soir les étoiles ne brillent pas. Elles ont filé au coin du bois. La pluie venue de la mer inonde la campagne. Des souffles d'averses presque à l'horizontale transpercent les habits, noient les pensées des Anglais en haillons pris au piège des Français mais qui, tête basse et épuisés, s'emparent quand même d'arcs non cordés qu'ils frottent d'une paume le long du bois d'if afin de l'imbiber de cire et de suif. Ces nouveaux arcs gallois particulièrement longs – *longbows* – mesurent deux mètres et, fort peu courbés, ne ressemblent plus à leurs équivalents turcs, très arrondis, utilisés au Moyen-Orient, mais il faut pouvoir s'en servir. Une telle arme lourde réclame une force de demi-dieu grec pour tendre sa corde jusqu'à l'oreille, alors quand tu es pris dans une épidémie de dysenterie, que tu as la chiasse au cul, vas-y toi, tends la corde ! Rien que de l'envisager, un archer au front gris, traits tirés, se décourage et souffle près de son voisin qui s'en inquiète :

— T'en fais une tête, Owen ! On dirait celle d'une truie qui va mettre bas.

C'est vrai qu'Owen, ce décharné égaré en ses méditations, paraît dans un autre monde. Alors qu'il perçoit des frottements de pierres aiguisant des lames de haches de guerre, contre le mur d'une masure qu'il observe déjà la glycine se fane. Le vent frôleur apporte des parfums de terre. Owen les respire en songeant à son sort. Autour de lui tout est transi et a peur, dont ceux qui tremblent en replaçant des plumes disparues au bout de flèches badigeonnées de colle d'os de veau. S'il lui manque une plume le projectile dévie, et il ne faut pas non plus que l'empennage cède en vol. Archer anglais, c'est un métier !... qui ce soir glace le sang. Même l'eau de la flaque aux pieds nus d'Owen a froid. Il devine que dans le vent, la toute proche forêt

de Tramecourt pleure feuille à feuille et que des
saules hochent leurs branches désolées. Des
joncs soucieux doivent se pencher sur les mares.
De quel deuil va se couvrir la nature ? Pendant
que certains enduisent également de cire des
cordes d'arcs pour les imperméabiliser, en un
fluide de songeries morbides la lèvre boudeuse
d'Owen bouge. La flamme d'une lanterne qui
brille à peine vacille au fond de son regard lassé.
Il sait que déjà la forêt agonise. Cet archer, véri-
table *fox hunter*, chien chasseur de renards, de
sa truffe aux capacités étonnantes flaire les parfums de sous-bois, sent flotter l'odeur de la
mort, convaincu que tout s'y exhale en pourri-
ture mais, envahi de courbatures, il se lève. Vêtu
d'un pantalon court et flottant – paire de braies
resserrées aux genoux par un cordon –, sur ordre
chuchoté du capitaine revenu, il rejoint d'autres
Anglais qui se faufilent en silence hors du lavoir
au bout du hameau. Ensemble, portant plein
d'arcs et une foultitude de gerbes de flèches, ils
vont jusqu'à des chariots bâchés afin de les
mettre à l'abri. Curieux, ensuite plusieurs
d'entre eux osent s'aventurer un peu à travers la
plaine où siffle le vent du large. À la bascule de
ce plateau, au sud du champ boueux récemment
retourné par des charrues, ils remarquent que le
terrain a été sillonné dans le sens de la longueur

et que, le long de la pente douce des rigoles de labourage, l'eau file inonder le camp français en contrebas où c'est la foire, pleine de très grands feux qui montrent tout à l'ennemi, mêlée à des hurlements de joie.

* * *

— Trinquons à la raclée des Anglais, mon cher comte de Nevers !

— Avec plaisir, baron de Gourcy ! répond le comte qui entrechoque son godet en or contre celui du baron puis goûte le breuvage.

Après s'être passé la langue sur les lèvres, contemplant pourtant la poitrine de son vis-à-vis blasonnée d'un grand soleil, il déplore :

— Il a plu si longtemps que les vins de la vendange nouvelle ne valent rien cette année. Allons plutôt déguster celui du duc de Bar. C'est du blanc de l'an dernier à seize livres parisis le tonneau et il en a fait transporter deux cents.

— Vous pensez que ça suffira pour la soirée ?

Les deux se marrent. Les crépitements d'averses sur le champ se mêlent à leurs rires. Des torches éclairent des barriques mises en perce où chacun vient se désaltérer près de tréteaux supportant des planches couvertes de miches de pain, fromages, poissons fumés, sous une haute pièce de satin tendue pour les protéger du mauvais temps. Des valets s'approchent pour y déposer également des pot-au-feu mis à mijoter dans l'après-midi car chaque grand seigneur conduisant ses soldats est venu aussi avec ses cuisiniers.

— Qui veut se servir en délicieuses terrines d'oiseaux ? J'en ai un plein chariot ! Alouettes, merles...

Un bouvier regarde avec émotion l'un de ses bœufs tranché en quatre parties qui rôtissent, traversées par des broches que des pages font tourner. Pas besoin de les arroser, l'ondée s'en charge. Entre écuelles, bassins, pots gris, instruments de cuisine qui circulent, tant de princes de sang royal, de conseillers et chambellans, de sénéchaux, de capitaines de places fortes et même un archevêque se goinfrent. Ils doivent crier pour se faire entendre sous le déluge :

— Demain, nous irons occire ces malheureux gens anglais. Nos coups seront honorable vengeance. Un jour vient qui tout paie.

Esprit de fête et, à foison, des bannières déployées montrant des emblèmes surprenants : plantes, animaux, astres, objets parfois insolites... On trouve en bas du champ des nobles combattants si jeunes, dont le petit Hellandes, quinze ans et fils cadet du bailli de Rouen, puis

des septuagénaires – Guillaume de Brémond
d'Ars, Floridas de Moreuil… Au nom du suze-
rain, l'ensemble des seigneurs du royaume a été
convoqué sous promesse de s'en trouver pour
cette année exempté de taille et de fouage
(impôts) alors même des Dauphinois, chevaliers
des alpages, sont descendus pour aller combattre
au bord de la Manche. La noblesse du Midi et
du centre de la France a déboulé vers Saigneville
pour renforcer encore plus l'armée française. Le
duc de Lorraine est arrivé à la tête de cinq mille
hommes (autant que l'archerie anglaise). Un
chevalier errant, vivant en ermite, est venu seul.
Ils sont presque tous là, à l'exception notable du
duc de Berry (vraiment trop âgé, il n'allait
quand même pas combattre en déambulateur),
de Jean sans Peur (qui fait la tronche au roi ou
a peut-être la pétoche) et de son fils qu'il a privé
de bataille, on ne sait pourquoi. Sinon, les voilà
quasiment tous là, vêtus de chemises en drap de
soie de Damas ou d'Alexandrie, étoffés comme
des rois à l'intérieur de tentes éclairées montrant
leurs ombres dansantes. Même des gentilshommes des Pays-Bas, pourtant concernés en
rien par cette affaire, ont voulu servir dans ce
qui promet d'être un splendide affrontement
médiéval qui fera date. Rires et vivats, roulements très sautillants de vielles mélodieuses,

foies d'oie frits accompagnés d'une purée de pois au jus, truites en croûte d'herbes et anguilles à la persillade, il y en a pour tous même pour les mercenaires, soldats déclassés et déracinés (beaucoup d'étrangers mais aucun Anglais, faut pas déconner) qui se passent une outre de vin. Le poétique neveu du roi pousse la chansonnette qui, en son langage moyen-âgeux, dit à peu près :

J'aime qui m'aime et voilà tout sans néan-moins haïr personne mais je voudrais que tout se règle selon l'ordre voulu par ma raison. Je chante trop, hélas, c'est vrai ! Mais enfin, à ce propos, j'y tiens : j'aime qui m'aime et voilà tout sans néanmoins haïr personne. Mon pauvre cœur a brodé cette pensée sous mon chapeau. Tout droit, j'arrive de chez lui qui m'a donné cette chanson : j'aime qui m'aime et voilà tout...

Suivant le tempo de la musique, Charles d'Orléans, de ses paumes, a frappé en rythme contre ses cuisses et maintenant tous les princes qui l'entourent l'acclament alors que, plus ou moins faussement modeste et la larme à l'œil, il leur demande :

— À votre avis, fut-ce bien proclamé ?

— Comme parole d'évangile !

Est-ce dû à l'alcool déjà trop ingurgité, les esprits de la perle de la chevalerie française s'échauffent en projets faramineux :

— Pourquoi n'en profiterions-nous pas, puisque nous sommes tous ici, pour aller en Angleterre voir ce pays et ses gens, prendre la même voie qu'ils ont prise pour venir en France ? À Calais, on monterait à notre tour en mer et par là on irait tout détruire sur leur île…

Un comte, à la cape armoriée de deux dauphins verticaux percutant leurs ventres, se vante, lui, que s'il capture Henry V il le promènera à Paris dans une cage. Un duc, orné d'un gigantesque épi de seigle doré sur son gambison de cuir, propose de parier avec qui voudra les noms des nobles anglais qu'il tuera. Des gentilshommes picards, illustrés de faucons sur fond vert, jurent qu'à de hautes lignées à qui l'on doit donner du « *sir* » et du « *my lord* » ils donneront surtout de l'épée, qu'il n'y a là aucun doute, que c'est noir sur blanc comme une tache tellement l'affaire est évidente. D'autres proposent de jouer aux dés afin de savoir à qui on laissera l'honneur d'égorger le roi des Anglais.

— On va lui faire passer le goût des balades en France !

— Je mets mille ducats sur sa tête ! s'enflamme un haut baron.

Messire Guillaume de Saveuse, armorié par l'emblème d'une truelle, dodeline du front :

— Moi, je suis fâché que ses troupes malades et exténuées soient si peu nombreuses car je suis sûr que, demain matin, dès qu'il verra notre immense armée en place, il laissera son courage tomber dans la sentine de la peur et, pour tout exploit, nous offrira l'exorbitant montant de sa propre rançon.

Passant par là en redescendant sa robe le long de ses jambes, Fleur de lys, à qui personne n'a rien demandé, commente quand même :

— Trop de confiance en soi est mauvaise conseillère...

La rabat-joie qui réajuste aussi son châle jaune vient s'étonner à côté du maréchal Boucicaut :

— Puisque, épuisés, ils doivent peut-être déjà s'endormir, pourquoi ne pas aller de suite les exterminer à la lumière de torches flamboyantes sous leurs abris de Maisoncelle ?

— Ça ne serait pas chevaleresque.

Le maréchal, comme les autres dignitaires de l'armée, est uniquement préoccupé à organiser belle bataille. Tout autour, oh, le boucan des Français ! Ils font la fête en avalant des oignons et des fèves arrosés de verjus. Ils s'apostrophent

bruyamment, font la bringue, tellement sûrs
d'eux.

AZINCOURT PAR SOIRÉE DE BAMBOCHE

Ils s'esclaffent à l'aise et prennent du bon temps.
Quels transports d'allégresse ! Ils chantent à tue-
tête des couplets paillards. La nuit, ici, semble
parée de guirlandes d'éblouissements. Leur
humeur est charmante. Certains réalimentent en
bois de grands feux pour émouvoir davantage
l'Anglais. Profitant de l'éclairage intensifié, Fleur
de lys s'approche du champ qu'elle voit mieux près
du connétable Charles d'Albret, commandant en
chef de l'armée, à qui elle demande :

— Monseigneur, vous plairait-il que je parle ?

— Oui, dites ce que vous voudrez.

— C'est embêtant que ce champ de bataille
choisi par vous ne soit pas un vrai rectangle et qu'il
se resserre beaucoup au milieu à cause des deux
forêts qui l'étranglent de part et d'autre. Cela
gênera la trajectoire de vos charges de cavalerie. Et
puis curieuse idée de vous être installés en bas du
terrain. Il vous faudra monter sa pente boueuse
pour les rejoindre au centre. Ce sera fatigant alors
qu'eux n'auront qu'à se laisser glisser jusqu'à vous.
Il aurait donc été plus pertinent d'aller les provo-
quer là-haut sur le plateau à découvert.

Mais la jeune femme châtain comprend vite que son avis de petite pute à soldats n'est pas pris en compte, que les Français négligent le handicap du champ, lorsque Charles d'Albret lui répond avec suffisance :

— Une bataille en champ clos, c'est la guerre par excellence en respectant les règles du jeu et l'honneur sans jamais aucune espèce de ruse. La chevalerie, aimant le luxe et les festins, a aussi sa conception des hostilités. Nous avons toujours agi ainsi. C'est notre tradition ancestrale.

Ayant entendu les observations de la ribaude, un certain Pierre de Noailles à l'œil bandé, dit « le Borgne », lève son unique pupille au ciel pluvieux :

— Oh, mais tu vas bientôt finir, donneuse de leçons ? Tu deviens gonflante à force !

Ancien compagnon d'armes de Bertrand du Guesclin, le Borgne, coiffé d'une métallique salade à bavière et portant harnois de jambes, tiers de cuirasse gravé de son emblème seigneurial, un fil à plomb dont la devise est « Toujours droit et debout », chuchote à Fleur de lys de venir avec lui. La fille sait ce qu'il veut mais, découvrant plus loin des destriers de combat qu'on commence à revêtir d'acier et d'or, elle alerte encore :

— Écoutez tous !

— Quoi ?

— Ce soir les chevaux ne hennissent pas, bizarre…

Croquant une galette de glands au miel, N'a-qu'un-œil entraîne par le coude à travers les drues bourrasques glaciales la jeune femme pour lui faire vergogne et honte alors qu'elle se retourne en imaginant :

— Là-bas, ils pourraient penser : « Au loin scintille la rive d'un passé. »

D'autres nobles qui seraient bien allés aussi s'égayer lors d'amours tarifées (« peu chères », dirait Fleur de lys) s'impatientent :

— Il n'y a toujours vraiment qu'elle pour nous tous ? Mais qu'est-ce qu'il fout encore vers Amiens, Jean V avec son chargement de catins ?

— Le duc de Bretagne doit chevaucher en avant mais à petites foulées, persifle un comte. Beaucoup le soupçonnent d'avoir traîné les pieds pour partir à l'encontre de l'armée ennemie car, ces temps-ci, il tenterait de négocier un traité avec le roi d'Angleterre. N'oublions pas que les deux hommes sont liés, que Jeanne de Navarre, la mère de Jean V, s'est remariée avec le père de l'actuel souverain anglais. Elle est donc la belle-mère d'Henry V. Ils agissent souvent comme ça, les Armagnacs… C'est dans leur tempérament.

— Qu'a-t-il donc le tempérament des Armagnacs ?! s'agace, piqué au vif, un baron anti-
Bourguignons.

La France, divisée en deux partis – les Armagnacs et les Bourguignons –, s'en trouve depuis
longtemps au bord de la guerre civile.

— Les Armagnacs ont qu'on ne peut guère
leur faire confiance, même pour livrer des
ribaudes, revient à la charge l'accusateur.

— Oh, j'en suis tout courroucé d'ouïr cela !

Entre le comte bourguignon au regard rusé et
le baron du parti des Armagnacs la tension
monte. Le conflit paraît inévitable. Ils se toisent
comme des coqs devant un duc blasonné de
haches croisées qui s'en inquiète :

— Eh, messeigneurs, vous n'allez pas agir
comme les deux autres (il se retient de dire
« connards » mais ce n'est pas l'envie qui lui
manque) l'ont fait il y a quelques années, quand
même !

Il omet délibérément de nommer la paire de
rivaux prestigieux à laquelle il pense mais tous les
gentilshommes autour de lui ont compris ceux dont
il s'agit. L'un des deux opposants politiques évoqués,
l'Armagnac, s'était choisi deux épis d'orge pour
nouvel emblème. L'autre, le Bourguignon, qui ne
pouvait pas saquer son noble confrère, avait alors
changé le sien par de l'ortie, sous-titré de la devise :

« Attention, qui s'y frotte s'y pique ! » La menace était claire mais c'était compter sans la réplique du premier qui vira alors l'orge de sa bannière pour le remplacer par un bâton noueux utilisé dans les campagnes afin de saccager la plante urticante. Au motif représenté il fit ajouter l'expression JE LENNUIE (comprendre : « Je l'emmerde, ce fils de pute, et je vais lui pourrir sa gueule ! »). Ce à quoi, le gravement insulté répondit sur ses étendards par un rabot signifiant qu'il allait raboter ce bâton et que de son adversaire il ne resterait plus que des copeaux. L'un des deux avait été ensuite vite assassiné, et concernant l'autre ça n'allait pas tarder. Oh, la querelle « courtoise », à coups d'oriflammes belliqueuses, quel *battle* comme on dirait en face.

Elle en est là, la France jouant mortellement contre elle-même à pierre-papier-ciseaux, mais les deux fâchés de tout à l'heure au bord du champ de bataille préfèrent maintenant tenter de se rabibocher. Ils se réconcilient, excusent les torts et méfaits. Trêve dans les désaccords, c'est la concorde nationale. Une telle unité fait plaisir à voir. Un chroniqueur présent écrira plus tard :

> *Et après jurèrent sur le crucifix que doresnavant ilz seroient bons, loyaux et compaignons d'armes...*

L'un propose à l'autre :

— Allons tous deux dîner, j'ai fait apporter des volailles chaponnées.

— Passons d'abord par ma tente. Je vous y ferai servir des vins brûlants qui sentent la rose, la mûre et se parent de noms charmants.

— Avec joie car pardonnons-nous entre Armagnacs et Bourguignons, l'ennemi est en face !

* * *

Regroupés à la limite de Maisoncelle, quelques archers excités découvrent au loin sur le plateau des silhouettes féminines ayant fui le hameau semblant danser à contre-jour, rongées par la lumière mouvante des grands feux du camp français mais, venant dans leur dos, le menton en galoche du capitaine anglais s'agite pour prévenir ces soldats d'Henry V :

— Que nul parmi vous ne soit assez hardi pour appeler « Aux filles ! » sous peine que le premier qui pousserait un tel cri s'en trouvera aussitôt décapité.

Interdiction ici de la présence de femelles, contrairement aux Français qui s'en impatientent, paires de braies descendues aux chevilles.

— Le roi proscrit formellement d'introduire des garces dans le camp car, a-t-il précisé, les plaisirs de Vénus amollissent Mars. Aucun jeu ou juron non plus, ordre formel du souverain qui n'est pas sentimental à l'excès. Retournez plutôt sous les abris pour tailler en pointe des pieux à moules.

Alors, corps émaciés par les privations et la maladie, ces archers frustrés retournent d'un pas las se poser, entre autres lieux, sur le rebord du lavoir partiellement protégé de la pluie. À coups de haches de guerre, beaucoup de leurs collègues affûtent déjà les extrémités de pieux en châtaignier non écorcés qui ont été retirés du sable à l'embouchure de la Somme.

— Pourquoi doit-on les acérer, Walter ? À quoi nous serviront-ils ?

— Je l'ignore, Humphrey. Le roi doit avoir eu une idée…

Partis de Harfleur début octobre, les Anglais ont souffert de la faim sans s'arrêter de marcher, de l'aube à la nuit, durant deux semaines de presque jeûne. Ils n'ont traversé aucune ville pour la piller de nourriture.

« Défense de viol et de rapine sous peine d'écartèlement, avait prévenu Henry V. Défense de voler des commerçants même ambulants sous peine de s'en trouver égorgé. Je refuse qu'en chemin vos désordres soulèvent les populations. Je veux seulement qu'on atteigne Calais au plus vite. D'ailleurs même les petites cités fortifiées nous ferment leurs portes car elles savent qu'on ne prendra pas le temps d'attaquer leurs remparts pour avoir à manger. Tant pis si la colonne d'hommes que vous formez s'en trouve durement éprouvée. Le long des haies, vous n'avez qu'à cueillir des mûres, des noisettes, sans jamais ralentir le pas. »

Quand, découvrant la quantité de pieux de bouchot envahis par des moules de la baie de Somme, les soldats anglais ont voulu se jeter dessus, leur roi l'a défendu : « Pas de temps à perdre pour vous rassasier là comme si vous étiez dans une auberge ! Contentez-vous de désensabler les pieux garnis et de les étendre sur les plateaux de nos chariots débâchés. Reprenant la route vers Calais, vous n'aurez qu'à vous relayer au bord des véhicules afin d'arracher des pieux les mollusques que vous mangerez tout en avançant. »

Ils en ont bouffé, ils en ont bouffé des moules crues ôtées des cordes enroulées en spirale autour des pieux ! Souvent ils croquaient directement leurs valves oblongues d'un bleu ardoise. Ils mâchaient le tout et avalaient. Y avait-il un problème de fraîcheur concernant les moules expliquant qu'elles n'aient pas été cueillies par les mytiliculteurs ? Étaient-elles avariées ? Toute l'armée anglaise a failli en crever. Pris d'une fulgurante épidémie de dysenterie, deux mille archers et quelques nobles hommes d'armes sont tombés raides morts, abandonnés dans les fossés. Les autres, enfiévrés à hurler, progressaient en chiant dans leurs braies. Maintenant, acculés au bivouac de Maisoncelle, ces survivants, des vraiment rugueux tous entachés de mauvais vices et d'ordure, sont des criminels de droit commun. Celui-là a tué son fils à coups de pique-feu. Cet autre aux yeux très bleus dominés par des buissons de sourcils blonds a réglé au couteau une querelle d'ivrognes. Son voisin affamé avoue :

— J'étranglerais ma mère pour une écuelle de fèves.

Henry V n'a pas hésité à ouvrir son armée à ces manœuvres, cordiers, bouchers, charpentiers ayant commis des délits graves :

— Toi, pour cause de braconnage qui s'est très mal terminé, tu as le choix entre la potence au pays ou risquer ta peau en France.

— Je vais plutôt aller en France.

Le vent crache comme un chat sur ces accoutumés à la violence qu'ils ont banalisée et à laquelle ils sont préparés. Certains, âgés, boitent en souvenir d'anciennes luxations lors de bagarres de taverne tandis qu'un prêtre arrive en gueulant :

— Qui est venu voler toutes nos hosties pour s'en goinfrer ? Qu'il aille au diable !

— Il y ira…

Que savent-ils d'eux-mêmes, ces hors-la-loi ? Rien sinon que leur destin les mène. Devant le curé, à tour de rôle, ils se mettent en règle du côté de leur conscience. Sans bruit, tout bas, ils murmurent des fautes presque inaudibles. On entend à peine ce qu'ils confessent. Dans l'intensité du moment, vers un dieu supposé, ils désespèrent, ces hommes à la foi simple. L'un, à la peau que la syphilis n'a pas épargnée, regarde le ciel. Peu attentif aux paroles du prêtre, il fixe le roulement des nuages. La pluie mêlée au vent lui glace les os alors qu'il relate un péché sans trop y penser :

— Bon, j'ai attaqué une vieille puis l'ai violée…

— Ah oui, quand même !

* * *

À quinze cents pas au nord des pratiques religieuses du camp anglais, une autre liturgie aux rites d'une symbolique un peu complexe s'apprête à débuter quand le maréchal Boucicaut grimpe sur une barrique dressée afin d'être vu de tous ceux qui lui font face dans les rafales de pluie. En long manteau et coiffé d'un vaste chaperon ruisselant d'une eau qui coule sur ses épaules, ce barbu de cinquante et un ans, au regard surmonté de sourcils s'élevant sur les côtés comme des ailes, prend la parole :

— Au nom de notre souverain absent pour une raison que nous connaissons tous…

— Ah, ben non, moi je l'ignore ! Pourquoi n'est-il pas présent, Charles VI ? demande Fleur de lys assise très à l'écart sur une bombarde française.

Un sergent des forces d'appoint, debout devant elle, lui répond :

— Ribaude, il est des sujets sur lesquels il vaut mieux éviter de s'étendre. Lève-toi plutôt et tourne-moi le dos en soulevant ta robe.

Boucicaut, lui, debout sur sa barrique, s'adresse maintenant plus précisément à ceux qui attendent au premier rang, dont le comte de Nevers et Charles d'Orléans :

— Messeigneurs qui cette nuit serez adoubés, sachez qu'on entre en chevalerie comme en religion. Pour nous, faire la guerre est un privilège, non pas un métier mais un art de vivre et de mourir à cheval pour défendre le royaume selon nos principes ancestraux : *disciplina militaris*. Que vous soyez désignés pour faire partie de l'ordre de l'Étoile ou bien de celui de la Très Noble Maison, vous allez connaître la fraternité d'armes, avoir le sentiment d'appartenir à une même communauté. Vous appliquerez sa doctrine morale de la guerre selon les traditions immuables remontant au temps des Carolingiens.

Fleur de lys, sur la pointe des pieds dans la boue et maintenant buste à plat le long du fût en bronze noirci du canon, à deux mains se retient aux leviers qui permettent de régler l'inclinaison du tir tandis qu'elle interroge encore le bousculant sergent derrière elle :

— Le roi est-il malade ?

— On pourrait dire ça.

— Il souffre d'où ?

— C'est dans sa tête. Il se croit en verre.

Cheveux secoués dans tous les sens devant ses beaux yeux, de surprise, elle entrouvre ses lèvres ravissantes qui dévoilent des petites dents pointues d'hermine :

— Ah bon ?!... Eh, sinon, vas-y plus doucement, le fougueux ! Moi aussi je suis fragile !

Le maréchal, lui, parmi des bourrasques qui balaient sa barbe, demande excuse aux futurs chevaliers pour cette cérémonie d'adoubement inhabituelle, la veille d'une bataille :

— Vous devez savoir que normalement avant de devenir chevalier, il faut commencer par se plonger dans un bain chaud et y demeurer environ une heure en pensant qu'on s'y lave, se débarrasse de tout ce qu'on a fait de mal, et que cette ordure, honteuse existence qu'on a pu vivre, se dissout dans l'eau. Lorsqu'on se sent enfin propre de conscience, on quitte le bain pour s'allonger sur un lit neuf aux draps blancs et nets et là se reposer comme ceux qui sortent d'une période de vie avilissante. Ensuite on doit s'habiller de sept linges superposés puis d'une cotte rouge en signifiance qu'on est prêt à épandre son sang pour toutes les droitures qu'un chevalier est tenu d'accomplir.

À côté de quatre autres bombardes, entre des tonneaux de poudre et des boulets en pierre vaguement sphériques et entassés, Fleur de lys, une joue posée sur les motifs moulés du fût en bronze, se prend à rêver près de la bouche à feu :

— Un roi en verre...

— Charles le Fol se fait installer des attelles en bois le long de ses bras, avant-bras, doigts et puis aussi sur les côtés des jambes, le dessus des pieds, soupire le très actif sergent près du bouton de culasse de la grosse pièce d'artillerie. Cerceaux en acier également autour de sa poitrine, il interdit qu'on le touche de crainte de s'en trouver brisé en mille morceaux. Pris dans son illusion de verre, il demeure parfois muet des journées entières et ne reconnaît plus personne, même pas sa femme Isabeau de Bavière.

— Tu me reconnaîtras, toi, plus tard ? demande la trentenaire châtain qui se redresse parce que l'autre en a fini avec elle.

— Toi, c'est pas pareil, tu es une catin.

Le connétable Charles d'Albret, faible boiteux de petite taille, lève la tête vers le maréchal Boucicaut qui poursuit :

— Puis un futur chevalier doit se chausser de souliers noirs en signifiance que de terre il est venu, qu'en terre il retournera à sa mort et alors pour ce, doit mettre tout orgueil à ses pieds. Seulement ensuite, deux chevaliers lui apporteront une ceinture blanche pour lui ceindre la taille en signifiance que tout son corps se trouve environné de netteté et de chasteté.

Rabaissant jusqu'à mi-cuisses les anneaux métalliques de sa cotte de mailles pendant que Fleur de lys relève un pan du châle jaune qui a un peu traîné dans la vase, le sergent soulagé des burnes devient plutôt volubile concernant Charles VI :

— Aussi précautionneusement que s'il était en verre, il paraît que toutes les nuits, insomniaque, il erre lentement dans l'hôtel Saint-Pol en regardant le sol et que souvent il oublie qu'il est monarque. On raconte que lorsqu'on l'appelle « Sire ! Sire ! » pour régler un problème du pays, il se cache derrière des rideaux en affirmant qu'il ne connaît pas le roi de France, que lui s'appelle Georges : « Je suis Georges, Georges, le Georges en verre ! Ne me demandez rien et ne m'approchez pas ! » Il faut recourir à la force pour le laver car il ne le fait plus. Il ne se rase plus, ne s'habille plus, chie partout et prétend qu'il se nomme Georges.

À cet instant, Guichard Dauphin – le maître de l'hôtel du roi –, portant par-dessus ses avant-bras un coussin en soie couvert d'objets scintillants, arrive derrière la barrique dominée par Boucicaut qui s'apprête à conclure :

— À des bientôt chevaliers, on offre tout d'abord un éperon doré qu'ils devront s'installer à une cheville en signifiance que l'or est le métal le plus brigué et donc pour cette raison devant être mis à leur pied afin que soit ôté du cœur tout désir d'avoir mauvaise convoitise. Nous leur offrons également une épée tranchante des deux côtés afin qu'elle serve à rendre raison et justice partout. Le nouveau chevalier doit en baiser la lame en signe de soumission et qu'amour et loyauté sont en lui. Maintenant, chacun des adoubés va recevoir l'accolade en signe que toujours désormais il devra se souvenir de cet ordre de chevalerie et promettre d'accomplir les œuvres appartenant à cet ordre.

Descendu de son promontoire, le maréchal adoube tout d'abord, d'un très solennel coup de plat d'épée sur une épaule, le comte de Nevers âgé de vingt-six ans :

— Philippe, en souvenir de vos valeureux exploits contre les Turcs, j'ai exceptionnellement accédé à votre requête d'être armé chevalier au bord même d'un champ de combat durant la nuit précédant une action mémorable de l'armée française. Ainsi, à l'avenir, vous pourrez vous en glorifier auprès de vos deux fils : « C'est la veille de l'écrasante victoire de l'automne 1415 contre les Anglais que je suis devenu chevalier ! »

Arrive le tour du duc d'Orléans :

— Charles, je vous adoube aussi en étant certain que demain vous montrerez toute votre valeur d'un bout à l'autre d'une bataille qui vous inspirera, au retour en votre bord de Loire, chansons, sonnets et rondeaux célébrant l'éthique chevaleresque.

Après la remise d'éperons dorés et d'épées à quelques autres jeunes nobles au milieu d'acclamations joyeuses sous l'ondée, chacun des élus monte un cheval pour se faire admirer de tous à quelques heures de la bataille.

Adossée à l'un des affûts en bois où l'on dépose les canons, qui furent durs à traîner jusque-là, Fleur de lys regarde, écoute tous ces seigneurs empêtrés de féodales idées chevaleresques en se posant de drôles de questions :

— Si un chevalier se trouve en place là où d'autres chevaliers combattent et qu'il en part, fuyant à son déshonneur, que lui convient-il de faire pour recouvrer son honneur ?

— Alors, là…

— Et toi, conte-moi. Un homme d'armes anglais s'empare d'un de nos chevaliers en lui faisant croire qu'il l'est aussi. Il reçoit donc la promesse de rançon de son prisonnier, qui découvre ensuite que son ravisseur n'est en fait qu'un capitaine, un roturier. Demeure-t-il encore son prisonnier ?

— Hou, là, là ! Il faudrait consulter le manuscrit de *L'Arbre des batailles*, la bible de la chevalerie…

— Encore une situation : un chevalier demande à un autre de le protéger. Celui-ci accepte mais, au cours de la bataille, il voit son propre frère en danger de mort. Doit-il rester près de l'autre chevalier ou secourir son frère ?

— Rester près de l'autre chevalier ? Moi, je répondrais que nenni, dit l'un.

— Oh, nenni, nenni… doute un deuxième. Les usages et coutumes de l'ordre de l'Étoile ainsi que de la Très Noble Maison sont stricts !

Le sergent, demeuré à côté de la ribaude songeuse, lui demande :

— Tu penses à quoi ?

— Que la vanité d'une chevalerie d'un autre temps et un roi fou, ça change beaucoup de choses.

* * *

Autant le souverain français dit le Fol est fragile alors que son armée est surpuissante, autant à

Maisoncelle c'est le contraire. Le souverain anglais a une forte personnalité qui fascine son armée pourtant très mal en point. Tout paraît aux archers annoncer leur ruine. Ils tentent de se reposer et de récupérer du courage pour le lendemain. Ils en auront besoin. Là, ils méditent en silence. C'est une dure épreuve pour leurs nerfs. Ils préféreraient partir. Éclairées quelquefois par un furtif rayon de lune immiscé entre de gros nuages, les ondulations mélancoliques des prés et des champs forment déjà comme des vagues de mer qui font rêver les Anglais. Impossible de fuir ce pays ennemi. C'est une dernière soirée et demain leur sang coulera dans les sillons. La nuit pleine de cauchemars envahit le hameau comme un brouillard. Attente angoissée, la troupe se sait une proie facile pour la chevalerie française. Ils s'en mélancolisent et se disent que ce voyage ne tournera jamais à bonne fin. Des feuilles tressaillent, volent et tombent. Tous ces inquiets, ayant au menton une barbe de bouc, voudraient rentrer chez eux en Angleterre et rêvent d'un pichet de bière au fond d'une taverne enfumée. C'est aussi à l'intérieur de ces débits de boissons qu'au nom d'Henry V nombre d'entre eux, passablement bourrés, ont été recrutés puis entraînés pendant deux ans pour devenir des tireurs d'élite : « Ce sera ton boulot de tuer. » Quand il y repense, entouré par d'autres qui furent

paysans, ouvriers, artisans, un teinturier aux
odeurs encore de cuir, un vrai sac à jurons, crache
devant lui dans un éparpillement de braises :

— Mortecouille ! Je m'étais engagé sous promesse de possibilité de bon argent et cette nuit
je conchie ma destinée ! Le roi avait annoncé
que le montant de la rançon d'un chevalier
prisonnier serait à celui qui l'a capturé mais
maintenant, à un contre cinq, ça va être impossible d'en attraper !

— Un seul gentilhomme pris par moi et
j'aurais eu des terres dans le Yorkshire…, soupire un comparse.

— Encore aurait-il fallu savoir le mon-
nayer…, relativise l'un à l'autre qui s'en agace :

— Je te dis qu'un duc saisi au collet devient
serf à l'archer qui l'a chopé et qu'il peut le céder
aussi facilement qu'un faisan ou un agneau au
marché !

Dans les yeux et le rêve de celui qui vient de
s'emporter on croirait qu'il neige de l'or.

« C'est vrai que moi j'étais venu sur le conti-
nent seulement pour traire la bourse d'un
baron », avoue un soldat anglais dépité dont la
fatigue lui fait incliner la tête vers une de ses
paumes où se trouvent des regrets sourds le long
de sa ligne de chance. Il se sent lourd comme
du bois mort et son cœur devient semblable à

un fruit pourrissant. Plusieurs artisans en faillite avaient loué leurs services, espérant capturer un noble français pour rembourser des dettes, et puis finalement de leurs vertes saisons qu'en ont-ils fait ? Dans leur esprit déboussolé et le corps sans plus de force le doute glace leurs veines. Ils songent à tous les biens qu'aux vaincus la vie refuse dans l'ombre de l'existence où un hideux hasard se vautre. Celui-là se meurt aussi du regret accablant d'un amour. Il n'en parle pas mais cette nuit il y pense et demain ce sera l'assaut. La lanterne ne brille vraiment plus qu'à peine. En état de léthargie, le désespoir les gagne et souvent ils vont se soulager dehors. Il fait de plus en plus froid et demain fait frémir. Entre des paupières qui se ferment, la nuit s'étire au souvenir du son attendrissant d'une insulaire voix consolante, de la douce nostalgie de temps envolés. Là, c'est une jeune fiancée emportée par une pensée, ici un père qui murmure l'un après l'autre les prénoms de ses treize enfants, là-bas le rêve des deux yeux d'un regard tiède rencontré et de tout ce qui s'est ensuivi. Oh, les doux *remember* !... Mais demain, comme des cochons, ils se feront abattre. Demain, à cette heure-là, seront-ils encore en vie ? Non, demain est la promesse d'un monde qui va les écraser. Sous la pluie cinglante, ils perçoivent encore en bas du champ des exclamations, vacarmes et entrechoquements autour des tentes illuminées. Les Anglais, eux, couchés à même la boue, se tournent d'un côté et de l'autre dans le silence en cherchant le sommeil avant qu'arrive l'aube.

* * *

À coups de marteau à même la bête, un gros valet en livrée aux armes de son maître rive des attaches de pièces métalliques autour des épaules du chevalier qu'il commence à revêtir d'une armure tout en expliquant le métier à un jeune page en apprentissage :

— Pour un fervêtu, l'un des endroits vulnérables se trouve sous les bras parce que la pointe d'une dague, épée, pourrait aller lui crever les aisselles, alors il faut entourer au mieux les épaules de spallières et s'assurer qu'elles ne ballottent pas. L'ensemble d'une armure, toujours sur mesure, doit devenir tel qu'un collant d'acier. À Nuremberg, Augsbourg, Milan se trouvent les meilleurs faiseurs d'Europe. À Bordeaux c'est moins bien.

Un second valet s'approche, conduisant un âne chargé des plus de quarante kilos de ferraille des deux plaques courbes d'un plastron pour couvrir la poitrine et le dos du guerrier, d'une braconnière destinée à protéger le ventre et les reins, d'une paire de tassettes qui devront être placées contre les hanches, de cuissots, genouillères, grévières qui seront installés de haut en bas des jambes jusqu'à des solerets aux lames articulées et bouts très pointus. Chaussant le seigneur combattant, le gros valet explique au page :

— Si avec ça, retenu aux chevilles, tu donnes un coup de pied dans le ventre d'un ennemi tu le tues, mais bon, encore faut-il pouvoir lever la jambe.

Partout ça entreprend joyeusement les préparatifs de la bataille. Les non-combattants, près d'hommes d'armes, s'affairent sous la pluie. Dans la boue qui s'amplifie sont transportés fers et clous pour les sabots des chevaux parmi la débauche de couleurs vives des fières oriflammes déjà dressées, illuminées par tant de torches flamboyantes. Entre les mains de son gros valet qui lui couvre maintenant les membres supérieurs de brassards métalliques, cubitières et canons d'avant-bras afin de le préparer à ses charges de chevalerie meurtrières, duels au corps-à-corps, le noble de soixante kilos, qui tout à l'heure en pèsera plus de cent, tourne la tête vers la grande tente éclairée du connétable, à l'intérieur de laquelle il reconnaît la voix de Charles d'Orléans qui s'écrie :

— Mais qui a rédigé sur un parchemin ce plan de bataille manuscrit truffé d'inepties ?!

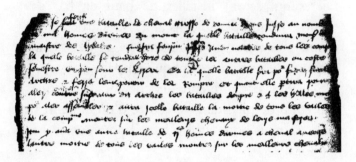

— Il y a une dizaine de jours, à Rouen, le maréchal Boucicaut l'a judicieusement élaboré avec mon consentement et les recommandations avisées du grand maître des arbalétriers, répond le chef de l'armée française, Charles Ier d'Albret, dont la disgrâce physique de quasi-nain boiteux n'impressionne guère les deux jeunes fringants princes – duc d'Orléans et comte de Nevers – adoubés chevaliers seulement tout à l'heure mais qui, déjà, la ramènent parce qu'ils se trouvent affublés d'un éperon doré à la cheville.

Dans la vaste tente du connétable où s'est réuni tout l'état-major, le comte de Nevers a les jambes très écartées et le bassin plaqué contre le rebord d'une table sur laquelle tamponne un index rageur de Charles d'Orléans par-dessus l'écriture du plan de bataille, dont l'encre s'est délavée à cause de gouttes de pluie. Et le poète s'emporte comme s'il était en train de relire quelques vers d'un autre troubadour qu'il méprise :

> *Je propose sur une même ligne en avant-garde la disposition de cinq canons entre lesquels se trouveront les arbalétriers puis, derrière, ceux armés de lances et ensuite les chevaliers et enfin les milices de mercenaires...*

— Non, non, ah, que nenni ! s'insurge le compositeur de rondeaux. Je refuse que les arbalétriers soient en première ligne.

— Et on pourrait savoir pourquoi ?... s'en inquiète David de Rambures entouré de ses trois fils vêtus de tuniques orange rayées de bandes jaunes.

— Suivant les règles de la chevalerie, nous irons devant et les autres suivront ! s'époumone le aussi chanteur. On ne va quand même pas se cacher derrière de vulgaires lanceurs de carreaux !

— Et puis aucune pièce d'artillerie de gros calibre ! surenchérit le comte de Nevers, Philippe de Bourgogne, debout à côté du neveu de Charles VI. Ni bombardes ou veuglaires contre un ennemi s'en trouvant démuni parce qu'il les a abandonnées devant Harfleur. Ce ne serait guère chevaleresque ! Notre noblesse montée, en avant-garde, pulvérisera les Anglais dès le premier assaut. Inutile de leur projeter moult boulets de pierre, ajoute-t-il en ondulant ses reins d'avant en arrière.

— Comment pouvez-vous être certain que l'on doive négliger nos canons jetant tout d'abord des plombées ? intervient Boucicaut.

— Je sais mieux que vous l'avez écrit la manière d'organiser l'affrontement et que…

— Philippe de Bourgogne, coupe sèchement le connétable, cessez de parler sur ce ton au plus renommé d'entre nous, au maréchal de France qui a déjà gagné tant de batailles lointaines en Lituanie, à Chypre, contre les Ottomans. Son écu d'argent à l'aigle de gueules et membré d'azur mérite le respect, fier-cul !

— Aaah !…

La vingtaine de hauts dignitaires français réunis dans la grande tente s'imagine que si le comte de Nevers a poussé ce cri soudain et que maintenant il halète, reprenant son souffle, c'est parce qu'il a été insulté, rapport à son orgueil excessif, mais apparaît verticalement la chevelure châtain de Fleur de lys, qui se lève.

— D'où sort-elle, celle-là ? s'étonne Charles d'Albret.

— De sous la table, répond Philippe de Bourgogne, où selon mon exigence elle était agenouillée entre les tréteaux.

La ribaude, d'un coin de son châle jaune, s'essuie les lèvres et déglutit :

— À la bataille de Crécy, le fait que les arbalétriers aient été placés à l'avant-garde avait déplu aux chevaliers qui, s'en trouvant fort fâchés, les avaient d'abord massacrés dans le dos pour dégager le passage…

— Comme quoi c'est déjà arrivé que les membres de l'ordre de l'Étoile et de la Très Noble Maison décident de partir à l'attaque en première ligne ! abonde le prince sucé qui resserre devant lui les courroies de la paire de tassettes entourant ses hanches car, comme beaucoup d'autres ici, il est déjà en armure, à l'exception de son heaume à visière que porte un page près de lui.

— … et la victoire est revenue à l'ennemi, s'en amuse Fleur de lys, quittant la tente. Ah, ça n'a pas été une petite boulette !

— La catin a raison, commente David de Rambures. Placées à l'avant-garde, nos trois mille arbalètes, ayant une portée de cent cinquante pas supérieure à celle des arcs, feraient au premier tir un dégât considérable parmi les *longbowmen* venant vers nous, bien avant que

les flèches anglaises puissent nous atteindre.
Pourquoi se priver de cet avantage ?

— Avec leurs manivelle, poulie, treuil
archaïques, je les trouve trop longues à recharger, rechigne un autre noble aux cheveux gris de
l'assemblée. Les archers anglais sont capables de
décocher un projectile toutes les cinq secondes
alors qu'il faut combien de temps avant d'expé-
dier un nouveau carreau français ?

— Certes cinq minutes mais durant la pré-
paration si nos canons jettent ensemble leur première plombée de boulets, pourquoi pas
couverts de poix enflammée, derrière cela un
autre tir d'arbalètes et nous n'aurons plus beaucoup de vivants en face, revendique de Rambures. Avant même que notre chevalerie
intervienne il y aurait d'énormes ravages dans
les rangs de la petite armée d'Henry V.

— Est-ce parce que vous êtes rayé pour
moitié de la couleur d'un châle de catin, grand
maître des arbalétriers, que vous partagez l'avis
d'une méprisable traînée ? agresse le comte de
Nevers qui n'a pas tellement la reconnaissance
des couilles…

Les fils Jean, Hugues et Philippe de Rambures s'emparent de leur dague.

— Ho, là ! Ho, là ! s'exclame le connétable
dans un basculement des deux bras en tentant

d'apaiser tout le monde et de chercher à coor-
donner l'action selon les avis qui seront majori-
taires parmi des éclats de voix contestataires.

Alors que ça s'engueule à l'intérieur de la
tente pour savoir où foutre les arbalétriers et les
canons, à l'extérieur ça cause chiffon (de fer) :

— Moi, pour la cotte de mailles, j'aime bien
les anneaux rivés. C'est plus souple.

— Je les préfère soudés, c'est plus compact.

Pendant que des valets douchés tendent des
lanières de cuir autour de leur personne, deux
nobles de moindre importance que ceux qui
entourent Charles d'Albret, sous la pluie dilu-
vienne, comparent leurs armures :

— Je voulais que la mienne ait une influence
italienne mais aussi avec le style allemand ; italienne dans ses formes plus seyantes mais allemande dans le décor de ses cannelures destinées
à renforcer le métal.

— Pour n'être pas directement à même la
peau, au contact des plaques de tôle qui m'écor-
cheraient, j'ai demandé qu'on garnisse la face
interne de ma carapace de drap et de velours.

— Et moi je l'ai fait bourrer de coton et de
soie. Avez-vous remarqué que mon épée, que j'ai
baptisée « Douce », porte la marque d'un atelier
d'Augsbourg ?

— Oh, comme elle en tranchera, celle-là, des cous d'Anglais ! admire le comparse qui enfile ses gantelets composés de lames de fer au-dessus des doigts et de cuir de buffle au creux des paumes afin que le pommeau de sa rapière ne dérape pas dans la main pendant le combat.

L'un des pages, muni d'une burette d'huile, s'approche en demandant à son maître de lever les bras et d'écarter les jambes. Le larbin graisse les boucles et ardillons de laiton des articulations métalliques des membres pour faciliter les mouvements. « Il faut encore en mettre là car j'entends toujours grincer », regrette le huilé en bougeant son bassin et ses coudes. Ensuite, dans le but de vérifier la bonne articulation des éléments métalliques autour des genoux et des chevilles, il parvient à plier un peu ses jambes, ce qui épate l'autre seigneur :

— Vous voilà solide comme une bombarde. Il ne pourra rien vous arriver de déplaisant.

Les deux, tels tant de milliers de nobles éparpillés dans le campement, se préparent, font les jolis cœurs en hésitant quant à la teinte des longues plumes exotiques – bleues, rouges, vertes ? – qui décoreront le sommet de leur bassinet à visière articulée, à l'intérieur duquel ils glisseront toute leur tête jusqu'aux épaules. Très excités, parmi les rafales de pluie glacée, on les croirait s'apprêtant à participer à un festif tournoi dans la cour d'un château fort avec des demoiselles d'honneur qui s'en pâment tellement ils sont beaux, tout rutilants, alors que ça va être la guerre.

— Bon, même si c'est un choix irrationnel, alors c'est décidé ! admettent de concert et visiblement à contrecœur le connétable et le maréchal de France, sous le toit bruyant de la tente car percuté par des milliards de gouttes. Nos gens de trait seront rejetés à l'arrière-garde devant les mercenaires.

— Et où place-t-on les bombardes ? demande le responsable de l'artillerie lourde.

— Qu'on les transporte jusqu'à Ruisseauville près des chariots de vivres, lui répond le prince Jean d'Alençon. Nous n'avons pas de place pour elles ! Tout comme les arbalètes, ce sont les armes des lâches !

« Bien la peine d'avoir fait arrondir cent cinquante pierres à canon de vingt livres… », grommelle leur responsable auquel le prince rétorque :

— Seule la chevalerie est habilitée à se battre !

David de Rambures fait évidemment la gueule. Dans l'abri en satin blanc entouré du terrain détrempé, les plus proches parents du roi

veulent décider eux-mêmes de comment disposer l'armée française face au champ de bataille :

— Trois blocs espacés de cent pas : avant-
garde, corps de bataille et arrière-garde ; sur les
ailes, la cavalerie.

— Comme à Roosebeke contre les Flamands
alors ? se renseigne Boucicaut.

— Ça nous avait réussi, rappelle Le Gallois
de Fougières, prévôt des maréchaux. Les deux
ailes de notre cavalerie lourde à l'attaque, par un
mouvement tournant, prirent les Flamands en
tenaille parce qu'arrivant au centre de l'armée
ennemie. Frappés vers l'avant et l'arrière, les Flamands furent décimés.

— Mais là, ni le lieu ni le temps ne sont
semblables, fait remarquer Charles d'Albret en
soupirant.

Bertrand de Rohan, sire de Montauban,
s'enthousiasme d'un accent tonitruant :

— Tous les nobles se mettront en grande
ordonnance sur une seule ligne à l'avant !

— Impossible ! conteste aussitôt le connétable. Nous sommes tellement nombreux. Nous
avons six mille grands seigneurs, qu'on ne
pourra pas tous disposer côte à côte sur une
seule ligne. Il en faudra au moins cinq, peut-
être huit, et les chevaliers, dont les montures

occupent trop de place en largeur, devront démonter pour combattre à pied.

« Moi, je veux être en première ligne ! » s'exclame un baron. « Moi aussi », revendique un comte. « Je ne serai pas en deuxième ligne ! » prévient le novice en bataille, neveu du roi, dont l'exigence prête à sourire aux lèvres du connétable et du maréchal qui se regardent. Quoique gros pourvoyeur en soldats payés par lui mais se méfiant d'un coup fourré, le duc de Lorraine menace : « Si on ne me jure pas que je serai en première ligne je rembarque de suite mes milliers d'hommes et retourne à Nancy. Avez-vous idée de combien me coûte cette bataille, et je devrais me retrouver, mettons en quatrième ligne ?! Si vous avez trop de combattants, moi je peux vous en débarrasser de beaucoup afin de vous plaire. Choisissez ! » Présomption, suffisance, dans un raffut de cuirasses en acier brillant qui se bousculent, les grands seigneurs sont prêts à tirer l'épée pour s'entre-tuer afin d'être en première ligne. Les places y seront limitées mais personne ne veut céder la sienne.

— Échanson Jean de Folleville, vous reculerez d'une ligne car vous feriez tache en si noble assemblée !

L'échanson démesurément irrité montre bien dans sa réponse cinglante qu'il passera outre. La maladie psychiatrique de Charles VI libère les rivalités des membres et proches de la famille royale au bord du champ de bataille. Boucicaut et d'Albret s'en trouvent débordés.

— Comte d'Armagnac, vous me laisserez votre place !

— Quel droit y avez-vous, Charles de Montaigu ?

— Parce que vous m'êtes redevable d'une grande quantité d'argent, je dois être récompensé en figurant devant vous !

Tous défendent, pour être l'un des héros de la victoire qui s'annonce, leur droit à se trouver dans la première ligne et non pas la septième. Les plus hauts rangs s'arrogent les meilleures places aux dépens des petits nobles, et au fond plus personne n'obéit à personne. Orages, tempêtes dans les crânes. C'est alors que pénètre sous la toile de tente un homme en cuirasse que personne ne connaît.

— Je suis Ysembart d'Azincourt, le seigneur du village d'à côté dont vous avez sans doute vu la silhouette des créneaux du petit château. La bataille allant se dérouler chez moi il est logique que j'y participe, en première ligne évidemment !

— Ah ben, il arrive bien, lui !... s'exclame le connétable à côté du maréchal qui fatigue.

Ysembart, émacié moustachu, a une allure d'anguille. Dans sa pauvre demi-armure simplement en fer de Bordeaux (hou, hou, la honte !) il commence par annoncer : « Ça y est, devenue torrent, la rivière près de Ruisseauville a débordé. Ses flots approchent, messeigneurs », ce qui panique le responsable de l'artillerie lourde, sortant immédiatement : « Ah, là, là, ça va être pratique de haler les canons dans la flotte ! », avant que le petit seigneur local ne reprenne la main :

— Hésitant à m'introduire sous cette toile de tente, j'ai d'abord écouté vos propos, qui m'ont rendu dubitatif. La stratégie que vous voulez adopter sur mes terres pour contrer les Anglais me semble vouée à l'échec.

— Et que proposerait donc de révolutionnaire un propriétaire de minable fief dont personne ne réclamerait la succession ? ricane avec mépris l'amiral Jacques de Châtillon, seigneur de Dampierre, en épluchant une pomme.

— Je prône une bataille de mouvement... ânnone Ysembart d'Azincourt qui paraît vicelard et dont le corps ondule.

— La tradition de la chevalerie française consiste en un affrontement direct ! assène l'amiral, croquant son fruit.

Le petit seigneur du coin poursuit comme s'il glissait entre les dents de Châtillon :

— Profitez de la forêt d'Azincourt, dont je connais tous les sentiers où, en avançant précautionneusement comme des fouleurs de raisins, je pourrai vous guider avant de surgir en traîtres et de côté sur l'ennemi surpris.

— Nous prendriez-vous pour des bandits de grand chemin ? rote l'amiral. Il n'y a pas que le résultat d'une bataille qui compte, il y a également la manière !

Et tous les barons & Cie près de Châtillon, dans des frottements de tôles scintillantes, se mettent à se vanter de vaincre aisément l'armée d'en face, répètent leurs fanfaronnades. Le connétable, du déplacement d'un index, fait comprendre à deux gardes de s'emparer de l'intrus pour le chasser mais celui-ci, toujours anguille, file entre les pognes rugueuses des soldats et lance encore : « Votre avant-garde sera plus nombreuse que le corps de bataille du milieu alors qu'il faut que ce soit le contraire », puis il part de lui-même, ce rejeté par ceux qui vont tout à l'heure saccager son champ semé de blé d'hiver, presque en haillons dans sa cuirasse à demi-épreuve mal ajustée de seigneur autochtone retourné vers son piteux castel.

Sous la tente maintenant, des rutilants qui se croient au firmament de la chevalerie et pas d'accord entre eux revendiquent chacun l'honneur de conduire personnellement l'avant-garde. Il en résulte de nouvelles fougues belliqueuses devant Charles d'Albret pris dans une autre situation qui lui échappe. En aucune façon chef naturel et n'ayant été nommé à la tête de l'armée que parce que non seulement le roi est fou, mais aussi le dauphin tellement malade qu'on sait qu'il va crever avant la fin de l'année et le duc de Berry (sorte de Premier ministre) octogénaire, le connétable s'aperçoit que le commandement de la bataille, qui se présente multicéphale, pose un problème. Déjà à Rouen, lors du conseil royal du 12 octobre, quand fut posée la question : « Est-ce qu'on pourchasse les Anglais ? », si parmi les trente-cinq notables, la quasi-totalité des princes impétueux était pour l'attaque à outrance, le duc de Berry, le maréchal Boucicaut et le connétable avaient voté contre, estimant l'aventure hasardeuse et dangereuse. Cela s'était déroulé en présence du monarque, dans un état de profonde dépression et d'abattement. Les notables votants virent qu'il avait beaucoup grossi et semblait coupé du monde, pris d'une tristesse infinie. Lorsque le presque grabataire duc de Berry s'était tourné vers Sa Majesté pour connaître son avis, Charles VI, rigide car ligoté d'attelles, lui avait seulement répondu :

— Ne vous penchez pas vers moi. Ne me touchez pas. Vous me briseriez en mille éclats de verre.

Charles d'Albret, pas trop en forme non plus cette nuit – n'ayant guère l'expérience militaire ni l'autorité qui conviendrait –, s'évertue pourtant à chercher des accommodements parmi ces nobles de haute lignée qui dorénavant font tourner par le goulot des flacons rares, passant le reste de la nuit à boire tout en s'emportant et se saoulant la gueule. Perplexe par ce qui s'envenime autour de lui lors d'une ambiance trop explosive et voulant en terminer avec ce bordel princier ingérable, le chef de l'armée s'apprête à prendre une décision extrême, il jette l'éponge :

— Éteignons tous les feux et allons-nous-en maintenant ! Retournons vers nos provinces !

« Allons, connétable, *hips*, ayez cœur d'homme ! » vitupère un baron près d'un comte scandalisé : « Alors, Charles d'Albret, pourquoi êtes-vous venu ? Qui a peur des feuilles ne va pas au bois ! »

« Pourtant le mieux serait finalement de laisser l'ennemi regagner Calais puis l'Angleterre… » insiste le contrarié boiteux à qui Boucicaut, quoique lui-même déçu par les princes trop occupés à se chicaner, conseille à l'oreille : « Toute l'Europe se gausserait de l'immense prestigieuse armée française qui viendrait faire grand bruit au bord d'un champ de bataille puis fuirait. Maintenant qu'on est là... Et quand même, armés jusqu'aux dents, nous sommes cinq fois plus nombreux qu'eux alors ça va aller... » ajoute-t-il avec assurance.

À ce présage du maréchal, le connétable ne réplique rien pour briser son avis car il lui semble que Boucicaut est si grand qu'il faut le croire sur parole. Se reprenant, il annonce à la cantonade, en lisant sur le parchemin du plan de bataille la répartition des chefs dans les différents corps de son armée :

— Puisque vous vous chamaillez tous afin de conduire l'avant-garde, c'est le maréchal et moi qui nous placerons au commandement en première ligne !

— La coutume veut que le chef de l'armée ne s'expose jamais au premier rang mais plutôt au dernier afin d'avoir une vision globale de ce qui se passe, rappelle le duc de Lorraine. Ainsi il peut observer l'évolution de l'affrontement, ordonner sur les points faibles ou modifier la tactique. En première ligne vous priveriez notre armée d'un chef car...

— Il suffit ! le coupe d'Albret. Ce sera ainsi et si cela ne vous convient pas, à vous, retournez à Nancy ! Le deuxième corps de bataille sera mené par les comtes de Nevers, de Vaudémont, de Blâmont, de Grandpré et de Roucy. Concernant les ailes de la cavalerie lourde sur les côtés, le seigneur de Dampierre, le comte de Vendôme et Guichard Dauphin commanderont celle près du bois d'Azincourt tandis que Clignet de Bréban, messires Louis Bourdon et Guillaume de Saveuse dirigeront celle côtoyant le bois de Tramecourt. À l'arrière-garde, composée des arbalétriers, soldats d'occasion et petite noblesse de basse naissance, je nomme le comte d'Aumale, les seigneurs de Dammartin et Fauquembergues, qui devront avoir aussi de nombreux chevaux prêts à poursuivre l'ennemi dès qu'il fuira en déroute. Allez, dépêchez-vous ! L'aube ne va plus tellement tarder. En piste les artistes ! Hop là ! conclut-il en entrechoquant ses petites paumes couvertes d'un cuir de buffle.

Dehors, tout le monde s'affaire malgré les mauvaises conditions météo. Suivies par David de Rambures et ses trois fils dépités, les charrettes, débordant de pyramides d'arbalètes inondées, sont tractées vers l'arrière par des bœufs dérapant dans une sacrée gadoue. On souffle les mèches de chandelle dans toutes les tentes qui sont démontées par des soldats couverts de plaques de cuir bouilli ou vêtus d'une brigandine constituée d'un grand nombre de morceaux d'acier comparables à des écailles. On renverse des seaux de vase sur les grands feux du camp. La pluie en noiera les braises. Tout le campement ressemble à une chenille qui se dépouille de sa chrysalide pour tout à l'heure s'envoler sus à l'ennemi. On fait rouler quantité de tonneaux et barriques (vides) précédant les longues colonnes de chariots d'intendance qui rejoignent Ruisseauville. Les magnifiques mille deux cents chevaux de guerre montés, paraissant habillés de grandes robes illustrées de motifs d'armoiries, sont conduits sur les côtés pour moitié au bord de la forêt d'Azincourt, et l'autre le long de celle de Tramecourt où les attendent des bassines d'avoine mouillée près des commandants. Alors que leurs ordres sont criés à des pages qui ne les entendent pas — « Comment ?! » demandent-ils sous les trombes d'eau hurleuses —, Fleur de lys s'approche des destriers de la cavalerie lourde surchargés. De par le poids de ceux qui les chevauchent en armure et armes, et étant eux-mêmes couverts de plaques de métal à la tête, à l'encolure, au-dessus des genoux, sur la croupe et les flancs, ils supportent cent cinquante kilos de plus et commencent à fatiguer, leurs sabots, paturons, fanons n'étant plus visibles car profondément enfoncés dans la boue.

La jolie petite pute au continuel sourire d'hermine mais châle jaune, robe blanche maintenant très barbouillés de terre et de traces de mousse verte — où est-elle encore allée se faire niquer ? — voit qu'un cavalier la siffle telle une chienne de chasse dans les bois alors elle avance vers lui. Antoine de Chartres — grand maître des eaux et forêts de Picardie, ayant été dans la soirée lui aussi fait chevalier — est assis sur sa large selle à haut dossier vertical lui calant les reins et le dos. Fleur de lys comprend ce qui lui ferait plaisir et s'y soumet, sur la pointe des pieds, en glissant une main entre les pièces métalliques du faulde qui enserre l'entrejambe du nouvel adoubé. Le va-et-vient régulier du poignet mobile de la ribaude heurte les bords des plaques d'acier jusqu'à ce que l'autre à plastron de Milan rehaussé d'orfèvrerie se raidisse soudainement. La catin retire sa main devenue gluante et la frotte le long de la robe du cheval, ce qui excède le noble branlé qui, d'une cheville, lui lance un coup d'éperon doré sous la joue, contre la mâchoire s'en trouvant écorchée et ensanglantée. Plaquant une paume par-dessus sa blessure, Fleur de lys regarde vers l'autre bout du champ, du côté des Anglais, et remarque :

— On dirait qu'à l'horizon le ciel devient un peu plus clair.

Vendredi 25 octobre 1415

Au moment de l'office chrétien de prime, vers six heures et encore sous la pluie malveillante, le jour commence à se lever derrière les archers anglais. Venus les premiers au sud-est du champ qui descend en pente douce vers le nord-ouest, ils veulent se rendre compte de la situation et en demeurent interdits :

« Par le sang du Christ, ô pute borgne, mais ils sont combien ? » s'exclame un ancien jongleur de foire près d'un ex-montreur d'ours qui prédit : « Nous voyons le commencement du jour mais je crois que nous n'en verrons pas la fin... » Puis s'enchaînent autour d'eux une surenchère d'expressions résignées :

— Nous sommes si près de l'abîme que forcément on va s'y engloutir.

— Telles des pommes tardives nos pauvres corps vont tomber et pourrir.

— Ils nous regardent comme si on était des naufragés sur un banc de sable qui doivent s'attendre à être emportés par leur marée.

— S'ils soufflent seulement sur nous, la vapeur de leur puissance nous renversera.

Les plus cons d'entre eux rêvent à voix haute d'une sottise irréalisable : « Ce serait bien de se choper au moins un seigneur afin d'obtenir le montant de sa rançon… » mais c'est pas gagné car, au bout des sillons remplis d'une pluie qui ruisselle vers l'ennemi, l'avant-garde de l'armée française barre l'horizon d'une forêt à l'autre. A-t-on jamais vu ça au monde ?

Chevauchant de pauvres rosses aux flancs avachis, à la tête basse et yeux ternes qui suintent, ce sont maintenant de tristes lords malades en armure, hasardant un regard fatigué à travers la fente horizontale de leur bassinet en fer rouillé, qui se faufilent parmi les archers pour s'approcher au bord du champ. Découvrant en face les Français, ces gens d'armes de petite noblesse descendus de leur monture s'agenouillent ensuite en levant les mains au ciel, priant Notre-Dame de les prendre sous sa protection, alors qu'arrive enfin le roi d'Angleterre.

Jambes arquées par trop d'années à cheval depuis l'enfance, c'est à pied qu'Henry V traverse son armée qui se fend et s'écarte pour le laisser passer. Sans couronne ni encore d'armure qu'on est allé quérir dans les chariots d'intendance à l'arrière, il est pour le moment vêtu d'une cape doublée de fourrure par-dessus sa tunique. Quelques personnages de haute lignée l'accompagnent dont son oncle, le duc d'York et le comte de Suffolk entourés de misérables drapeaux qui peinent à se déployer. Alors que par courts instants la pluie cesse, laissant apparaître des trouées de ciel bleu entre les nuages au-dessus du brouillard flottant au ras du champ, le roi anglais, d'un doigt, effleure la profonde cicatrice de sa joue droite et demande à l'un de ses commandants :

— David Cam, toi qui t'y connais pour estimer les foules, combien peuvent-ils avoir de combattants ?

L'autre vantard, au sourire gourmand plissant ses lèvres, répond en ne doutant de rien :

— Assez pour être tués, assez pour être pris, assez pour fuir.

Henry, le cinquième du nom, dodeline de la tête tandis que l'un qu'il faudrait appeler *sir* constate :

— Il n'aurait pas été inutile qu'on ait dix mille bons archers de plus…

Pas du genre à se laisser emmerder comme le connétable français, le jeune monarque anglais se fâche :

— Taisez-vous, Hungerford ! Je ne veux pas un homme de plus. Le nombre que nous formons est celui que le destin a décidé.

Ce roi dont on voit le reflet dans des flaques d'eau se trouve malgré tout en douteuse balance, sachant qu'il ne dispose que d'un maigre contingent comparé à la colossale armée se mettant en place à moins d'un kilomètre de lui. Au bout du champ fermé sur les côtés par deux forêts apparaît une troisième forêt de mâts d'étendards lui barrant la route alors qu'il n'est plus très loin de Calais. Plusieurs milliers de bannières de toutes les couleurs s'élèvent au sommet de piques. De part et d'autre arrivent de grands rassemblements de chevaux et de lances dont les pointes projettent des étincelles de lumière. C'est tant et tant que ça pourrait en devenir drôle. C'est toute la puissance de la France. Franchement, ça a de la gueule et ne donne pas envie de s'y frotter. En face, Henry V est impressionné mais déterminé :

— Parce que l'automne est déjà trop avalé et l'hiver trop avant, nous passerons vite la mer et rentrerons au royaume à n'importe quel prix.

Il faut que ce soit ainsi. Inutile de vouloir le détourner de son but. Il est prêt à tout, absolument tout, pour retrouver Londres, même à réclamer son émissaire.

* * *

— Oh, là, là, j'ai trop bouffé hier soir, je ne rentre plus dans mon armure !

Habillés d'acier incrusté d'or, de perles, et couverts de titres ampoulés, les grands seigneurs de l'avant-garde française, au plastron orné d'un soleil ou piqueté d'étoiles, forment un firmament un peu chancelant. Plutôt torchés par la nuit festive qui ne fut pas arrosée que d'eau, entre des hoquets ils regardent à l'autre bout du champ l'alignement mouvant de petits points, noirs parce qu'à contre-jour, sur la crête opposée. Au-delà des brumes et volutes s'élevant des ornières qui dégoulinent, se sachant eux-mêmes observés, les Français devinent la détresse des Anglais et gloussent en rappelant le dicton du jour :

À la Saint-Crépin, les mouches voient leur fin

— Vous serez morts tout à l'heure, prévient un baron dont l'armure milanaise coûte plus de cent livres, la solde d'un archer durant dix ans.

Le jeune néophyte Charles d'Orléans, relégué à la deuxième ligne de l'avant-garde française qui en comprend huit, fait des pieds et des mains pour s'immiscer au premier rang entre Boucicaut et d'Albret qui se trouvent épaule contre épaule devant lui. Jugé trop ignorant dans le domaine et les coutumes des batailles médiévales, il n'a pas été admis parmi les personnages les plus en évidence de par leurs grandes fonctions nationales et ça le gonfle. Portant sous le bras gauche un magnifique bassinet en forme de tête d'aigle destiné à faire peur lorsqu'il aura glissé la sienne dedans, de la main droite il couvre sa courte chevelure blonde d'un bonnet en cuir pour amortir les chocs au crâne mais sitôt qu'il l'a mis c'est comme s'il avait pris un coup sur la tête :

— Regardez en face !... Un de leurs soldats vient tout seul nous affronter et sans épée en plus ! Voulez-vous que je coure le planter à coups de dague ? Laissez-moi passer !

— Non, ça fait déjà un moment qu'on l'observe, répond placidement le connétable au duc impulsif qui cherche encore à s'intercaler entre lui et le maréchal comme collés. C'est un héraut d'armes en livrée qui porte la traditionnelle baguette blanche signifiant qu'il n'est pas un combattant mais vient porter un message du roi d'Angleterre. Il est interdit de l'attaquer.

Émissaire et observateur, on doit le considérer avec respect.

« Oui, bon, je sais ça ! » ment et s'énerve, faisant celui qui s'y connaît, le royal neveu, davantage estimé comme poète que comme guerrier dont personne ne sait encore ce qu'il vaut au combat mais dont Charles d'Albret poursuit l'éducation :

— À main droite, sur un monticule, vous pouvez découvrir la minuscule silhouette du nôtre qui s'appelle Montjoie. Celui qui vient à nous le rejoindra après être retourné vers Henry V et les deux, en haut de la petite colline, observeront les ébats à venir dont ils désigneront officiellement les vainqueurs.

Le héraut d'armes anglais sous l'averse qui n'en finit pas a déjà franchi presque un quart de lieue de boue glissante. Seul, il continue d'avancer en faisant des signes afin de confirmer qu'il vient parlementer. À dix pas de la première ligne française, il s'arrête, trempé, puis s'incline très poliment devant Charles d'Albret qui le reçoit avec courtoisie. Les deux échangent d'abord, en portant la voix, quelques mots français concernant la météo puis l'émissaire passe aux choses sérieuses, se prosternant une nouvelle fois humblement :

— Au connétable du sérénissime Charles VI par la grâce de Dieu, Henry V par la même grâce vous salue et propose la paix en ce jour.

— La paix ?! n'en revient pas le chef de l'armée française, estomaqué.

— Henry V offre de vous rendre Harfleur et même Calais si vous nous laissez poursuivre notre route pour rentrer chez nous en Angleterre…

Boucicaut, également très surpris, avoue être prêt à accepter cet étonnant arrangement mais le duc d'Orléans (en deuxième ligne) ainsi que toute la noblesse du premier rang, pressée de vaincre, se récrient :

— Comment ? s'insurgent en chœur les ducs de Bar et d'Alençon. Nous sommes céans très nombreux, fort bien pourvus de toutes choses, et le roi à la joue détruite jusqu'à l'œil voudrait que nous abandonnions la bataille ? Jamais !

Les hauts dignitaires français voient dans cette proposition une preuve de la faiblesse des Anglais qui les encourage :

— Profitons de ce moment où nous pourrons écraser l'ennemi héréditaire ! Pas question de renoncer ! s'enthousiasme le comte de Nevers.

D'autres comtes, d'Eu, de Richemont et de Vendôme, en leur gloriole chevaleresque et avec la terre qui colle aux pieds après une nuit de bamboula, ont des quantités d'arguments :

— Suite à cette bataille ils n'oseront plus infester nos côtes !

— Nous les châtierons pour leur faire sentir la verge de la France !

— On ne les laissera pas s'en aller rire à nos dépens après leur longue promenade chez nous !

Seul le maréchal renâcle :

— Plus habitué que vous tous à l'inconstance de la fortune dans les batailles, à sa part de hasard, moi je prône l'agrément de ces offres anglaises et laissons-les aller. Récupérant Harfleur et Calais, nous n'aurons vraiment pas fait le voyage pour rien.

Mais sa proposition est rejetée. Alors que Fleur de lys, venant de l'aile droite, longe la première ligne, remettant son châle jaune déchiqueté sur ses épaules et s'étonnant : « Les chevaux ne hennissent toujours pas... », un baron clame :

— Pour espérer passer, Sa Majesté d'Angleterre, qui se sait en grand péril, devra livrer bataille !

— Nous engageons nos ennemis à ne pas nous fermer la route et à éviter l'effusion de sang, insiste le héraut.

Le connétable, bien que pas plus chaud que ça pour la grosse baston, se range du côté de l'avis général et le dit à l'émissaire anglais :

— Malgré l'ultime démarche pour éviter la bataille, cette matinée verra l'heure du combat. C'est la rupture. La parole est désormais aux armes.

— Bon, alors nous nous mettrons à votre volonté, admet le royal messager qui retourne vers Henry V.

Un kilomètre de gadoue plus loin, ce héraut d'armes lui annoncera en termes jolis : « Ils refusent votre proposition et vous invitent au bal » puis, partant calmement rejoindre Mont-joie au loin sur un monticule pour se mettre à l'écart et assister à la bataille en tant que deuxième témoin officiel, il se fait apostropher en chemin par des *longbowmen* qui voudraient savoir :

— Que demandait notre roi ?

— La paix.

— Qu'ont-ils répondu ?

— Qu'il aille se faire enculer.

Ça énerve.

* * *

Par son valet armurier, Henry V fait serrer les attaches de son plastron d'acier ainsi que font les autres quelques rares grands dignitaires anglais dont on règle les aiguillettes tenant entre elles les pièces de leur habillement métallique. Tandis qu'on présente au jeune monarque sa longue épée à la lame gravée d'une Sainte Vierge destinée à le protéger quand il entrera dans la mêlée, des nobles de moindre importance graissent eux-mêmes le cuir de leurs braies sous une chemise de mailles descendant à mi-cuisses dont ils réunissent les deux pans entre les jambes, contre le périnée, grâce à des rivets. Ces bâtards de petits seigneurs ont des allures d'épaves inquiétantes sorties des bas-fonds des cités pour se mettre au service du souverain. Près de pieux de bouchot couchés à terre, des archers testent la résistance du bois d'if de leur arc.

— À cause de la pluie, vous ne les encorderez qu'au dernier moment, seulement quand l'ennemi se mettra en marche, rappelle un sergent double-solde.

Henry V a glissé sa tête dans un bassinet, fixé aux épaules de son armure par des crampons et des boucles, surmonté d'une couronne d'or soudée autour du casque. C'est celle pour les batailles. L'amovible traditionnelle est restée dans l'un des chariots de l'intendance à l'arrière. Quitte à se retrouver avec peut-être l'autre joue dévastée, le monarque refuse qu'on abaisse sa visière :

— Les *longbowmen* devront voir le visage de leur roi pendant l'affrontement.

Il saisit ensuite une longue lance de quatre mètres dominée par une queue de renard à la base de sa pointe. Ce faisant, le souverain en profite surtout pour parfaire sa stratégie et donner des ordres :

— Légèrement en retrait derrière les archers, parmi les combattants en armure, je commanderai le bataillon du centre. Vous, mon oncle, commanderez celui de droite et vous, lord Camoys, celui de gauche. Maréchal Thomas Erpingham, je vous confie le commandement des *longbowmen* en suivant mes directives de mise en place.

Tout le monde y va. Répartis en trois groupes de trois cents Anglais vêtus de métal (plus ou moins), ils ne sont que neuf cents. Sur chaque aile, deux mille archers s'installent en biais plus cinq cents et cinq cents un peu devant entre les hommes d'armes. Cela fait moins de six mille sur sept rangs alors que l'armée d'en face est composée de trente-deux lignes, mais bon, il faut dire qu'ils sont peut-être trente mille. Si les Français sont ravissants, les archers anglais sont moches et sans allure. Dépourvus également de souliers et pantalon court qu'ils ont jetés, la plupart d'entre eux vont pieds et jambes nus.

Seulement couverts d'une tunique imbibée qui colle à la peau jusqu'aux genoux, la hache accrochée à la ceinture, ils ont l'air de charpentiers. La tentative de paix ayant été dédaignée, l'heure des prouesses va arriver et Henry V s'approche pour le rappeler à son armée qui obéit aux ordres sans discuter. Chevauchant maintenant un petit cheval gris qui parfois dérape dans la boue glissante mais qu'il retient, le monarque passe au pas devant ses hommes qu'il harangue, visière relevée :

— Souvenez-vous que vous êtes de la Vieille Angleterre ; que vos parents, vos femmes et vos enfants vous attendent là-bas. Il nous faut avoir un beau retour. Les Anglais ont souvent fait de belles besognes en France...

Tenant toujours sa longue lance à queue de renard par un poing ganté, le roi au visage étroit et à la mâchoire brisée balaie les alentours d'un regard froid en contemplant les collines boisées puis il reprend :

— Gardez l'honneur de la Couronne et gardez-vous vous-mêmes. Par notre héraut, les Français nous ont prévenus qu'ils vont venir couper trois doigts à la main droite de tous les *longbowmen*.

Les yeux des archers se froncent. Pas un n'ose plaisanter : « Je m'en fous, je suis gaucher. »

Après son mensonge de goupil afin d'agacer ses combattants malades, Henry V les motive :

— C'est vous qui aurez des corps à percer ! Remuez vos squelettes, hommes affamés, nous avons un meurtre à commettre avant que de passer à table. Descendons vers eux comme l'eau de ces ornières. Élancez-vous sur cette armée comme l'avalanche fond dans la vallée. Nous sommes en grand danger ; d'autant plus grand devra être notre cran sur cette rude pelouse de France. En tenue de journaliers, vous êtes des guerriers. Allez arracher aux épaules des Français leurs belles armures neuves. Au pays vous retrousserez les manches pour montrer vos cicatrices. Loin de vous effrayer d'avoir affaire à tant de princes et de barons qui ont refusé notre proposition, ayez la ferme espérance de le leur faire payer. *Their sin upon their heads !* (« Que leur faute retombe sur leurs têtes ! »)

Les *longbowmen* lui répondent par un hurlement puis, selon la coutume, tous mettent un genou en terre dont ils ramassent une poignée qu'ils mâchent et avalent en signifiance qu'ils sont prêts à hasarder leur enterrement. Chacun ensuite se relève, regardant les doigts de sa main droite qu'il remue. Le roi, sur son cheval qui s'ébroue et hennit, baisse la tête vers son

contingent de déguenillés. Quelques-uns se dés-
habillent entièrement pour être plus mobiles. La
tunique trempée gênait leurs mouvements.
Henry V ne dit rien sinon :

— Soyez des chiens ! Calais est en face. Pour
rejoindre nos bateaux il faut aller tout droit.
Nous devrons passer !

Le long des ailes obliques de l'archerie en
place, des prêtres se glissent entre les deux premières lignes et les deux suivantes. Ils
enchaînent des signes de croix vers ceux qui
aimeraient mieux être chez eux. Maintenant, se
trouvant davantage à n'être plus qu'en chemise
de peau, abattus et blêmes, ils cherchent du courage dans le regard des autres. Ah, contrairement aux Français, ils n'ont pas le cœur à se
disputer les places d'honneur du premier rang !
Ils préféreraient avoir été enrôlés par l'ennemi
qui a relégué ses gens de trait à l'arrière-garde.
Pris de diarrhée mais non autorisés à quitter leur
contingent, ils se soulagent sur place pendant
que fort heureusement viennent des pages du
roi leur apportant des gourdes pleines d'eau-de-
vie tirée des celliers de Maisoncelle. Les gens
d'Église retournent à l'arrière près des chariots
du convoi d'intendance. Henry V, descendu de
sa monture, marche avec sa lance jusqu'à la dernière ligne du bataillon central des nobles en

armure. Devant lui, ses gardes personnels le protègent tandis que ses archers boivent à des gou-
lots qu'ils se refilent. Ceux que la gnôle rend
méchants en reprennent plusieurs fois. Pour
d'autres que l'abus d'alcool fait rire ça tombe
bien aussi. Quoique la majorité d'entre eux
– criminels de droit commun – n'ait guère de
problèmes moraux pour infliger la mort, que ça
pourrait même être un bon *trip*, la bénédiction
puis la boisson sont des soutiens *in extremis*.

— Tiens, je vais en reprendre.

Au paroxysme du risque, si tu n'es pas torché,
tu n'y vas pas dans ce qui va se passer. Après
une rasade d'eau de la rivière tu ne te lances pas
dans un pareil bordel.

— Ben, eh, faut pas déconner, t'as vu combien
ils sont, solides comme des bombardes ?... et
nous, seulement quelques-uns, à poil ! Repasse-
moi la gourde.

Pour ceux qui picolent à l'excès ça n'arrange
rien. Ils voient double !

— Oh, putain !

* * *

Ça y est, Charles d'Orléans, à force de jouer des coudes, est parvenu à s'incruster en première ligne de l'avant-garde entre d'Albret et Bouci-caut, ce qui ne l'empêche pas de gueuler :

— Eh, doucement derrière ! Ici, on se prend les pointes de vos lances dans le cul ! Pensez à ceux qui sont au premier rang !

« Vous n'aviez qu'à pas y venir… » grommelle pour lui-même le maréchal qui reconnaît ensuite à voix plus haute : « Mais c'est vrai que ce matin c'est un problème, la longueur de nos lances… » tout en essayant de se dépêtrer d'une extrémité en fer venue se glisser entre son buste et un bras et puis d'une autre qui lui raye une spallière.

Tous ces grands seigneurs tellement entassés épaule contre épaule et sur huit lignes collées les unes aux autres forment ensemble, en travers du champ, une énorme barre d'acier poli mais trop dense. Il n'y a de la place pour rien là-dedans. Le râleur neveu du roi, parce qu'il a reculé sa lance après en avoir abaissé la pointe, se fait vili-pender à son tour :

— Eh, vous, « Attention fragile » comme dirait votre oncle !… Heureusement que j'avais fermé ma visière sinon vous m'auriez crevé un œil, jeune coq !

— Qui c'est qu'a dit ça ? Qui m'a nommé ainsi ?! Quel chevalier de la rosette (homosexuel) a osé ?! demande aussitôt le guerrier troubadour en tentant de faire pivoter sa tête, mais ce n'est pas pratique à cause des crampons et des boucles qui bloquent son bassinet à la base du cou.

Il ne peut déceler, à sa mine confuse, le fautif vanneur au bord du crime de lèse-majesté car tous ceux agglutinés dans son dos ont la figure masquée par l'horizontal cône métallique d'une visière close qui leur donne à chacun une tête d'oiseau à gros bec et une voix non reconnaissable parce qu'étouffée dans le casque. Les plumets multicolores de jeune autruche, plumes de faisan, de paon, surtout de paon, qui dominent leurs crânes, ballottent en signe de négation collective. Pas un qui se dénonce alors Charles d'Orléans suggère :

— Puisque disposées ainsi, prêtes à l'attaque, nos lances s'avèrent trop longues et gênent tout le monde, on devrait les faire de suite raccourcir de moitié.

— Mais oui, j'ordonne cela ! s'enthousiasme le minuscule voisin du poète, le connétable, dont plusieurs barres percutent continuellement le dessus de son casque et que ça commence à gaver. Coupées par le milieu, ajoute-t-il, elles seront plus faciles à manier, plus rigides, et cesseront enfin de me coller la migraine. Déjà que nos bannières sont embarrassantes...

Ah, oui, les bannières !... Pendant que des quantités de valets, une scie à la main, s'immiscent difficilement entre les rangs afin de faire passer de quatre à deux mètres les tiges de frêne terminées par une pointe métallique – arme fondamentale des batailles médiévales –, c'est un délire de soie au-dessus de la chevalerie démontée, un carnaval de couleurs éclatantes. Secoués par les bourrasques de pluie, des oriflammes et étendards à foison ventellent en exhibant leurs motifs d'armoiries : rabot, haches croisées... Des dauphins se mêlent à des dragons. Trois faucons sur fond jaune remuent près d'un aigle agité dont les ailes déployées balaient la visière percée de trous d'un baron qui s'en trouve avec la visibilité restreinte. Un serpent couronné avalant un enfant tournoie devant la fente étroite du bassinet d'un comte qui n'y voit plus grand-chose. Il y en a trop. C'est ce que pense le maréchal :

— On devrait ne conserver que les plus illustres puis ôter et plier les autres. Regardez, en face ne s'agite dans l'air que celle du roi avec les léopards d'Angleterre.

Mais personne ne veut virer la sienne, signe de sa haute naissance et utile car, pendant la bataille, les simples soldats à l'arrière, reconnaissant les couleurs de leur grand seigneur, devront s'approcher de l'étendard de celui qui les paie pour combattre (et le protéger aussi plutôt que le voisin, au cas où…). Toutes les images virevoltantes sont maintenues verticalement par une foule de porte-étendards collés au plus près de leur maître, comme s'ils n'étaient pas déjà trop nombreux, dans l'avant-garde. Mais bon, c'est ainsi et chacun demeure à sa place, prêt pour l'affrontement.

Huit heures ! Les Français sont en position et ne bougent pas, disposés à s'aller couvrir de sang. Les préparatifs sont terminés. L'ost des princes attend. Tous leurs casques épouvantent l'air. Ils forment comme une armée imaginaire. Au bord des teintes automnales des deux forêts quelques fruits tombent sans qu'on les cueille. Autour des guerriers déguisés en oiseaux, d'autres emplumés chantent : des mésanges, geais des chênes, tourterelles… En Charles d'Orléans, le poète réapparaît :

Tous les oyseaulx, parlant leur latin, cryent fort

Derrière les visières exubérantes aux buées qui s'échappent des petits trous, plusieurs voix caquettent à l'intention des roturiers déloqués d'en face :

— Venez, maudits gueux. Vous déparez la campagne.

Certains se rengorgent tels des dindons :

— Allez-y, infecte crapaudaille, et que jamais vos pieds ne puissent retourner en Angleterre.

Il y en a aussi qui sifflent tout bas une note insultante entre leurs dents. Les trompettes et le cor français se mettent à sonner. Pas un homme ne bouge. L'un d'eux, bientôt, s'impatiente :

— C'est quand qu'on part à l'attaque ?

La voix caverneuse du connétable, parce qu'à l'intérieur de son bassinet, rappelle une règle d'or du manuscrit de *L'Arbre des batailles*, la bible de la chevalerie :

— *Toutes et quantefois que gens à pied marchent contre leurs ennemis front à front, ceux qui marchent les premiers perdent et ceux qui demeurent coi et tiennent ferme gagnent...* Alors attendons qu'ils se mettent en branle et descendent sinon il va falloir qu'on monte et ce sera inutilement fatigant.

Des hirondelles s'envolent et tout devient immobile. Une même étoile lie en ce matin les membres de la grande armée sans visage qui met son destin dans la balance alors que Charles d'Albret, confiant, manie sa courte lance en appréciant :

— Ces tiges longues de douze pieds n'en mesurant plus que six, ah, voilà, c'est mieux.

Sous l'étroite fente de son casque, un chevalier a fait incruster en deçà de son œil gauche un gros saphir bleu ayant la forme d'une larme. Ce doit être curieux de se faire tuer par quelqu'un qui pleure. Nouvelles sonneries de cor et de trompettes auxquelles se mêlent maintenant des roulements de tambours…

* * *

Venant du bas du champ en menant grand bruit, mêlées à des sons de peaux de bêtes frappées, des stridences d'instruments de musique en cuivre apportées par le vent vrillent les oreilles anglaises en haut du terrain labouré. Henry, cinquième du nom, fait semblant de s'en foutre :

— Vase vide est sonore !

Il fait moins son malin quand, du regard perçant de son œil gauche parce que le droit est mal en point, il découvre qu'au centre de la première ligne française un mât beaucoup plus haut que les autres se dresse. Son sommet soutient un long étendard rouge à trois pointes frangées d'or que le roi d'Angleterre reconnaît :

— L'oriflamme de la mort !... Ils nous préviennent qu'ils ne feront aucun prisonnier et nous tueront tous. Ils ont déployé le drapeau sanglant.

Parmi les archers un grondement s'élève dans les rangs à la vue de la soie écarlate et flottante de cette impitoyable oriflamme dite aussi « enseigne de Saint-Denis » : pas de prisonniers...

Décharnés sous des vêtements de guerre en lambeaux, quand ils en portent (ils ne sont pas là pour un défilé de mode), même les *longbowmen* couverts d'un gambison rembourré de crin redoutent : « Ça va être à la sauvage contre les fervêtus. » Ils en frissonnent. La peur noue leurs intestins qui se vident. Ils se sentent fragiles. L'immobilité de l'armée française les terrifie. Ils s'attendent à ce qu'elle mange et avale la petite armée anglaise, qu'il n'en reste plus rien. Beaucoup se signent. Un amer barbu aux longs cheveux trempés ôte de son casque en osier un mouchoir en satin offert par sa belle insulaire juste avant l'embarquement pour la France. Il le baise puis le renifle :

— Je sens ta chatte.

Cet enrôlé dans une taverne, capable de courber le bois d'if d'un arc, fixe le roulement des nuages en ajoutant :

— Plutôt que cette bataille, je préférerais tes joues et tes seins.

Henry V aux traits tendus, conscient que le courage ne suffit pas toujours, se sait en nette infériorité. Entre son maréchal Thomas Erpingham (cinquante-huit ans) et son jeune frère Humphrey, duc de Gloucester (vingt-cinq ans), une bruxomanie le faisant grincer des molaires renforce son air farouche et nerveux :

— J'ai entendu du bruit !

— C'est une alouette, rien de plus..., le rassure Thomas Erpingham.

Le temps passe. L'attente est éprouvante. Au bord de la forêt de Tramecourt apparaît la tête d'un chevreuil. Des lièvres s'élancent dans la boue du champ. Aucun humain ne bouge. Des passereaux reviennent picorer les grains de blé semés. L'heure est grave, et le roi inquiet de devoir affronter une pareille épreuve. Les deux armées immobiles se font face. Laquelle va se ruer sur l'autre ? Des rivières d'eau coulent au-devant des Français, ainsi que celle près de Ruisseauville, qui a débordé dans leur dos.

— Ils veulent que ce soit nous qui attaquions, rumine Henry V.

Parmi les deux mille archers de l'aile droite,
un contaminé par la dysenterie annonce :

— Oh, là, là, il faudrait que j'aille dans le
bois…

— C'est bien le moment, soupire son voisin.

Neuf heures ! Le roi d'Angleterre décide de
faire avancer son archerie. Les *longbowmen* en
première ligne ramassent alors chacun un pieu
de bouchot aiguisé à la hache en double pointe.
L'ordre d'avancer leur permet de se réchauffer,
de se dégourdir les jambes. Comme ils sont issus
d'une armée de métier, après deux ans d'entraînement, leur progression collective est coordon-
née. Un peu derrière les archers, les nobles en
armure des bataillons dirigés par Camoys
(soixante-quatre ans) et le duc d'York (quarante-
deux ans) marchent aussi à droite et à gauche
de la bannière royale arborant trois léopards
jaunes sur fond rouge. Autour des chariots
d'intendance placés plus loin, des curés anglais
s'agenouillent en priant avec ferveur pour le
souverain et ses soldats. Les Anglais avancent
lentement de trois cents pas. Cela prend une
dizaine de minutes puis ils s'arrêtent, croyant
que les Français vont partir à l'assaut mais…
rien.

* * *

Avec beaucoup trop d'envols de luxuriantes bannières contiguës soufflées par des bourrasques pluvieuses devant leurs heaumes clos et qui les aveuglent souvent, pour cause d'embouteillage dans la noblesse, les princes n'y voient rien. Les soieries illustrées de motifs pompeux font que beaucoup ne distinguent la situation que par intermittence, mais quand même, entre deux rafales, Guillaume Martel – le seigneur de Bacqueville (celui qui porte l'oriflamme de la mort) – se demande :

— On ne les aperçoit pas nettement non plus parce qu'ils sont encore à six cents pas mais pourquoi, en plus d'un arc, deux carquois et une hache, ceux en première ligne se sont-ils approchés avec un grand bout de bois ?

Un comte à proximité, yeux écarquillés pour scruter à travers les trous de sa visière en bec de vautour, répond à Guillaume Martel sans détourner le regard :

— On dirait qu'ils promènent des pieux à moules.

— À moules ? Eh bien, ils ne sont pas rancuniers ! Après ce qu'elles leur ont fait, les moules...

Les grands seigneurs de France interloqués restent tous raides, tôle contre tôle, à reluquer droit devant eux mais jamais leurs voisins ni leurs pieds, tout empêtrés qu'ils sont dans leur armure comme dans leurs préjugés :

— Pourquoi on ne les attaque pas puisqu'ils ont bougé ?

— Le manuscrit de *L'Arbre des batailles* dit que…

Tels des harengs saurs rangés dans un tonneau, ces gentilshommes aux bras plaqués le long du corps, un poing agrippé au pommeau d'une épée logée en son fourreau et l'autre serrant une lance horizontale coupée par le milieu, constatent que celles des *milords* d'en face mesurent le double mais bon, là-bas, ils ne sont que trois cents par bataillon, alors ça passe. Ce n'est pas comme s'ils étaient six mille. Les Français demeurent statufiés. Les *longbowmen* poussent un grand cri.

— C'est pour nous forcer à avancer, commente Boucicaut.

Une fumée noire apparaît, croît et ondule sous forme d'un gros nuage tout en haut du champ.

— Ils incendient une ferme des alentours de Maisoncelle pour faire monter la pression, analyse le connétable.

Les Français restent immobiles et le temps dure. Dix heures ! Les Anglais s'approchent à nouveau lentement. La distance se réduit. Là où

ils s'arrêtent, ils ne sont plus qu'à trois cents pas
de la fantastique armée de Charles VI.

Très à l'écart, du côté de Ruisseauville, per-
chée sur la haute bâche d'un chariot pour mieux
voir, Fleur de lys renseigne un jeune valet
d'armes et un petit page qui s'amusent ensemble
sous sa robe plus vraiment blanche et un fouillis
de châle jaune remuant :

— Henry V a fait avancer son armée au
point le plus étroit de la clairière, là où les deux
forêts étranglent le champ...

* * *

Sous la pluie battante, le jeune roi d'Angleterre, excellent stratège qui risque également sa vie dans la bataille et dont l'esprit est aussi leste que les jambes (on raconte qu'il peut chasser le chevreuil à pied), regarde devant lui l'éblouissement d'armures, d'écussons et de bannières :

— Ils ont reculé ?

— Mais non, lui répond son cadet Humphrey, duc de Gloucester, qui se trouve à sa droite.

— Ils me paraissent plus petits...

— Non, ils n'ont pas bougé.

— Maréchal, ordonne ensuite le souverain au vieux Thomas Erpingham, situé à sa gauche dans le bataillon central des hommes en armure, allez dire aux *longbowmen* du premier rang que lorsqu'ils planteront leurs pieux en terre comme je l'ai exigé, ils se retournent pour que les Français les voient faire le moins possible ou alors imaginent que ce sont seulement quelques supports pour accrocher des carquois afin d'éviter que les flèches ne traînent dans la boue.

— Mais, majesté, si les ennemis ne sont pas encore à notre portée car trois cents pas nécessiteraient un fameux tir et que deux cent cinquante seraient mieux, eux, avec leurs carreaux qui peuvent être projetés bien plus loin, en profiteront pour transpercer les archers dans le dos, par traîtrise.

— Ils ne le feront pas. Ça a toujours été non conforme à l'art de la guerre selon leur doctrine.

— Les temps changent, sire...

— Oui mais pas la chevalerie française. Et puis de toute façon, vous les apercevez quelque part leurs arbalétriers et leurs bombardes ? J'espère pour eux qu'ils n'ont pas relégué les uns à l'arrière-garde et traîné les autres près de leurs chariots d'intendance, sourit-il en hochant du menton pour désigner au loin la direction de Ruisseauville. Qu'enfin ces maudits princes nous attaquent ! Maintenant, placés où nous sommes, je les attends avec gourmandise.

Les archers sont moins confiants que leur roi. Étant en premières lignes, ils sont même très inquiets. Il y a de quoi ! Cependant, gueules décharnées et famine aux talons, conscients d'avoir à jouer leur peau, ils finissent par se rendre à cette évidence : il n'y a plus de choix, il va falloir y aller. Dorénavant ils devront en finir et mourir ici ou ils retourneront bouffer dans une taverne anglaise en compagnie de leur belle dont ils apprécient tellement les joues et les seins. L'un d'eux baise la pointe d'une de ses flèches :

— Ma tueuse...

Après avoir agi, concernant les pieux à moules pourries de la baie de Somme, comme a commandé le maréchal, ces avaleurs de mouton dégueu aux choux fixent le bout d'une corde sèche à une extrémité de leur arc, qu'ils plient ensuite de leur poids pour attacher l'autre bout du fil dont ils vérifient ensuite la tension. Ils renforcent de chanvre enroulé le milieu de la corde qui doit accueillir les encoches des projectiles. Beaucoup d'arbres n'ont déjà presque plus de feuilles et les *longbowmen*, devant et au centre, se mettent en une position répétée au pays moult fois lors d'entraînements. Sur quatre lignes, non pas agglutinés comme les fervêtus d'en face, ces pour la plupart à poil s'installent chacun à un pas de l'autre car ils auront besoin de place pour bander l'arc. Disposés en échiquier, ceux des deux premiers rangs pourront ainsi tirer ensemble en ayant la vue dégagée et sans se gêner pendant que les suivants attendront avant que d'avancer à leur tour. Thomas Erpingham à cheval les inspecte, ajuste, avant la mise en mouvement. Tous les archers embrassent leur bois d'if. Leurs cœurs volettent comme des rossignols en cage. Leurs genoux tremblent. Ils tirent la corde. Leurs bras vibrent aussi. Les Français ne bougent pas. Ils ne semblent pas prêts à lancer l'assaut. On entend des chants de coqs provenant des fermes derrière les forêts. Les Anglais immobilisés grimacent d'effort, armés de dards. Parmi cette piétaille de pauvres soldats affamés et malades l'un d'eux soupire :

— C'est impossible.

Thomas Erpingham, retourné près du roi et descendu de cheval, lance haut en l'air un bâton symbolique habillé d'un tissu vert bordé de fils d'or, qui tournoie dans les gouttes de pluie tandis qu'il crie :

— *Now, strike !* (« Maintenant, frappez ! »)

* * *

Avec une synchronisation parfaite, les deux premiers rangs des *longbowmen* tirent ensemble deux mille flèches en une haute volée courbe si dense que le ciel s'obscurcit sur son passage. Ce n'est pas un tir direct à l'horizontale mais parabolique qui s'élève dans les airs seulement pour évaluer la distance où chutent les projectiles tout près devant les Français qui ne bougent pas.

Après cette salve en cloche, les deux seconds rangs d'archers passent devant et tirent à leur tour, de façon plus tendue, tandis que leurs collègues déterrent les pieux à moules, prêts à s'avancer ensuite en les transportant lorsque le soleil se met à briller. À onze heures, parce que les immenses nuages s'écartent, la pluie cesse et la lumière éblouit soudainement les Français. Le champ inondé s'en trouve violemment éclairé. Les princes à la tête de l'avant-garde sont gênés *because* les Anglais étant au sud mais aussi hélas à l'est, le bas soleil d'automne en face aveugle les nobles. Leurs merveilleux bassinets clos par une visière protègent la tête mais la vision s'y trouve fort malcommode par les trous ou la fente. Les rais larges et étroits ou rayons ronds de lumière intense les forcent à fermer les paupières pendant qu'ils entendent une cacophonie de bruits qui résonne dans leurs casques métalliques. Les pointes des projectiles en bout de course retombent en vrac parmi les resplendissantes plumes décorant leurs crânes à l'abri mais les tireurs ennemis s'alternent encore, progressant de deux enjambées supplémentaires. Les Français ne bougent pas.

Une troisième volée de flèches percute en foule les armures parce que les archers, donnant moins de parabole au tir, visent un peu plus bas. À peine rayés, les plastrons d'acier courbés dévient les trajectoires. Les maillages de fer aux jointures des épaules, aines, résistent. Rien ne parvient à filer entre deux pièces. Le constat que l'ennemi a engagé le premier l'affrontement démontre une certaine assurance mais les Français ne bougent pas.

Figés comme des cibles de paille au centre d'entraînement, les ducs, barons, comtes, entre deux clignements d'yeux, quand ils ne sont pas aussi importunés par les bannières des voisins flottant devant leurs visages, perçoivent parfois, devinent plutôt, très à contre-jour dans l'éblouissement, ce qu'il se passe en face. Ils distinguent vaguement par intermittence les silhouettes disposées en quinconce des deux derniers rangs débordant les deux premiers et donc s'approchant pour tirer avant que les autres, accompagnés de pieux à moules, avancent pour agir de même, et ainsi de suite. C'est beau comme un ballet. L'avant-garde française les contemple ainsi qu'au spectacle mais ne bouge pas.

Claquements métalliques maintenant plus sonores contre des casques italiens magnifiques, les projectiles expédiés commencent à déformer des tôles. Depuis des flaques d'eau, des fumerolles s'élèvent. Un *longbowman* pose une flèche contre son arc. Du pouce gauche il la maintient et glisse la corde dans l'encoche puis relève son bois d'if en regardant la masse d'acier que le soleil dore et qui est sa cible. Il bande le grand arc avec effort et tend le chanvre jusqu'à son oreille. Il lâche la tige de frêne en suivant du regard les plumes d'oie qui l'empennent, jusqu'au moment où sa pointe affûtée se fiche en partie sous la spallière d'une épaule droite :

— Aïe !

Dus à ce nouveau tir synchronisé de flèches jaillies des lignes anglaises pour percuter les armures, on entend également plusieurs « Ouille ! », « Hou ! », « Ah ! », « Oh ! », et la première ligne française se met alors à onduler depuis la forêt de Tramecourt jusqu'à celle d'Azincourt. Quelques-uns se retrouvant penchés latéralement contre celui d'à côté le font basculer sur celui d'après qui, afin de se redresser, par un contre-mouvement, pousse une ondulation se propageant dans l'autre sens. L'ensemble offre l'apparence d'un balancement de vague. La chevalerie de l'ordre de l'Étoile et de la Très Noble Maison ondule mais reste sur place. Les archers s'en étonnent. Il n'y en a de si hardi que n'ébahisse un tel stoïcisme. Comme par une opération magique les Français paraissent enchantés. Les *longbowmen* en profitent. Ils décochent flèche sur flèche tout en avançant toujours avec leurs pieux. Dorénavant à cent cinquante pas, ils font mouche à tous les coups. Le mur de seigneurs à pied est tellement compact qu'ils ne peuvent les louper, il n'y a aucun espace entre deux gentilshommes. À portée de tir de plus en plus courte, des rafales de quatre mille projectiles partent toutes les dix secondes. C'est redoutable. Les ducs, princes courbent la tête et la rentrent dans les épaules alors que se trouvent troués leurs cuissards, cubitières, écailles de métal à la taille et devant les parties génitales. Des flèches pénètrent dans les défauts des armures. Lorsque l'angle est bon et que c'est de face, les tirs tendus traversent les plastrons de haute renommée. Qualité allemande, qualité allemande… à cette distance, une flèche, ça entre quand même. Si l'angle est trop ouvert, le projectile ricoche sur de l'acier milanais pour aller planter le voisin et c'est malgré tout gagné, mais les Français ne bougent toujours pas ! Les Anglais en sont sciés. Même chez des gens pourtant venus du pays du flegme, ça épate.

Les Français ne bougent pas parce qu'ils ne peuvent bouger. Ils sont englués dans la boue jusqu'aux genoux. Les chevaux, sur les ailes, c'est jusqu'aux flancs. Trois heures d'attente à s'impatienter en trépignant sur une telle vase, on s'y enfonce et maintenant ne peut plus soulever ses poulaines.

— Pourquoi est-ce qu'on a attendu les Anglais à cet endroit ?

Situation bizarre, inouïe, à force d'essayer de ne regarder qu'en face l'adversaire, ils ne se sont pas rendu compte qu'ils s'enlisaient et plus personne ne parvient à prendre appui sur une patte pour déplacer l'autre. En ce bourbier artois si détrempé par dix jours et nuits d'abondante pluie continuelle, plus la rivière près de Ruisseauville qui a débordé et l'eau descendant du camp anglais par les sillons le long de cette terre fraîchement labourée, il serait difficile pour quiconque d'y progresser, mais alors, chaussé de fer... Les plus nantis s'en trouvent les plus démunis. Les princes aux très pesantes armures complètes exubérantes pour épater les barons en découvrent les désagréments. Trop alourdis, ils s'enfoncent davantage dans la boue. Déjà que devant eux ils distinguent peu de choses à cause de l'éblouissement du soleil, à l'abri de leurs visières ils ne voient rien sur les côtés car elles n'ont pas été percées de trous, au profit de décorations extravagantes en or soudées cherchant à impressionner l'ennemi. Devant eux, les archers à poil tirent sans relâche sur les fervêtus du premier rang. Un comte voudrait se battre. Il empoigne le pommeau de son épée de guerre mais ne peut l'ôter du fourreau, à cause de son voisin trop collé contre lui. Ils sont si entassés qu'ils ne peuvent même pas s'emparer de leur lame ni tendre une lance.

— Mais ne poussez pas !

L'avantage des Français – énorme supériorité numérique – se retourne contre eux. Maintenant n'étant plus qu'à cent pas de la très noble avant-garde, à la distance des cibles dans les archeries où les *longbowmen* se sont beaucoup entraînés, d'autres milliers de flèches jaillissent. Leurs plumes brillent. La mort vole dans l'air. Il règne un chaos mortel.

— On aurait pu remettre la bataille par temps sec.

Les archers, se sachant non menacés par des carreaux d'arbalètes ni boulets de bombardes, s'en passent la langue sur les lèvres avec appétit alors qu'en face ça hurle :

— À l'aide ! Ah ben, v'là t'y pas qu'il pleut une nouvelle averse, de fer ! De mieux en mieux ! Quelle région de merde !

Un malade de dysenterie au bout des doigts écorché par les frottements de la corde, épaule droite et dernières phalanges devenues douloureuses, peine à tracter le fil de chanvre jusqu'à son menton mais il souffle et atteint son vis-à-vis qui crie comme une femme qui accouche. Grésil de projectiles, tests de résistance des cuirasses insuffisamment blindées face au fort pouvoir de pénétration des pointes acérées, les *longbowmen* passent entre les pieux obliques et ne les déplacent plus en mitraillant les avides de gloire qui ont tous voulu se trouver au premier rang. Déjà décédés, Guichard Dauphin, maître de l'hôtel du roi, et les chambellans Hugues d'Amboise, Baudoin d'Ailly, Pierre d'Orgemont mais aussi Charles de Montaigu et Bertrand de Rohan, sire de Montauban, ainsi que son échanson Jean de Folleville... L'erreur de la noblesse d'avoir réclamé la première ligne ! Certains ont de drôles d'idées en cet instant, dont l'un qui demande :

— Quelqu'un a des nouvelles de Jean V avec ses putes ?

— Non.

— Dommage, j'aurais bien tiré un coup.

Et il meurt. Un voile de sang a affolé son cerveau. Un autre baisse la tête. Entre les très colorées plumes de jeune autruche qui dominent son crâne une flèche disparaît jusqu'à l'empennage. De la cervelle blanche coule par la fente de sa visière. Menaces et prolifération de malédictions de la part des immobiles gentilshommes sur qui se vide le contenu du premier carquois des archers s'emparant du second. Ô, la cadence des projectiles au tir ajusté, chaudes brumes et volutes s'élevant du champ, vacarme de métaux ! Au premier rang, beaucoup de grands noms de l'aristocratie française ont péri. Ces morts ne bougent pas, ce qui est fréquent, mais quoique debout ils ne tombent pas non plus, ce qui est plus rare. Ils ne tombent pas car ils ne peuvent tomber. L'armure médiévale étant peu flexible, et parce qu'ils sont englués jusqu'aux genoux dans la gadoue qui les retient, leurs dépouilles ne parviennent à basculer ni en avant ni en arrière. Les nombreux succombés sans avoir combattu, entre d'autres Français qui étouffent dans leur armure, forment un vertical rempart. Ils ressemblent aux statues alignées de l'île de Pâques. Bras ballants et une main entrouverte ayant lâché la lance, ils apparaissent en reflet dans de longues ornières de ciel bleu. L'archerie anglaise continue de jeter l'effroi et le chef de l'armée française, au milieu de la première ligne, panique (on peut le comprendre) mais se veut encourageant :

— En avant la cavalerie sur les ailes ! Cette journée est la vôtre ! Chevauchez droit vers l'Anglais car c'est là que gît le sort de la besogne !

Dans l'obscurité de son bassinet percé de minuscules trous qui assourdissent sa voix, le connétable de petite taille soulève sa visière afin de se faire mieux entendre :

— Lancez la cavalerie ! J'ai dit : « Lancez la cava... »

Une flèche file dans sa bouche grande ouverte et sort à la base de la nuque. Faisant partie des premiers culbutés, oh, il a canné, Charles Ier d'Albret ! Il aurait dû se placer à l'arrière comme le roi d'Angleterre !

Ayant entendu l'ordre (le dernier) du maintenant (déjà) décédé chef de l'armée française, le seigneur de Dampierre et le comte de Vendôme, au bord de la forêt d'Azincourt, ainsi que messires Clignet de Bréban et Guillaume de Saveuse, à côté de celle de Tramecourt, répercutent le commandement du feu connétable :

— À l'attaque, la cavalerie lourde !

Chevauchant avec beaucoup d'arrogance une monture de guerre en tête du long cortège de six cents cavaliers prêts à le suivre sur la gauche du champ de bataille, Antoine de Chartres – grand maître des eaux et forêts de Picardie – veut lancer la bête au galop vers les Anglais mais n'y parvient pas. Le percheron de sept cents kilos, devant supporter les plus de cent autres kilos de chair humaine et de fer de celui qui le monte, plus le poids considérable de sa propre armure, ne peut s'extraire de la boue des labours dans laquelle il se trouve profondément englouti. Parce qu'il s'avère incapable d'avancer un sabot malgré ses très musculeux efforts, son cavalier fulmine :

— Maudit destrier !

Antoine de Chartres, du brutal basculement arrière d'une cheville, lui jette violemment vers les couilles un coup de son éperon doré de nouvel adoubé chevalier comme il en avait déjà projeté un, hier soir, près du menton de Fleur de lys après qu'elle eut pourtant glissé et remué une main entre les pièces métalliques de son entrejambe afin de le satisfaire. D'humeur décidément continuellement irascible, maintenant le grand maître des eaux et forêts de Picardie catapulte de toutes ses forces la pointe d'une longue poulaine aux lames d'acier articulées sous les prémolaires de la mâchoire inférieure de l'équidé qui s'en cabre de douleur puis hennit (ah ben quand même). Avoisinant la tonne, l'animal prend appui sur ses jambes arrière et, réussissant enfin à hisser celles de devant, il envoie valdinguer son cavalier cul par-dessus tête. Celui-ci, trop embarrassé par les plaques d'acier milanais qui l'habillent, ne réussit pas à se relever du terrain profondément visqueux. Il s'y débat, roule, tente de se remettre sur pied mais glisse, retombe et devient comique (il était temps). Son destrier, qui lui fait de l'ombre, grâce à la puissance de son arrière-train, reste dressé presque à la verticale, offrant la vision de son ventre nu aux archers qui, pivotant vers cette cible, l'accablent de flèches. Le percheron mourant trébuche vers son cavalier en partie englouti qu'il va écraser. Le sabot d'une jambe avant du cheval s'abat et tranche l'épaule droite du grand maître alors son bras se trouve expulsé de lui comme un crachat de noyau. Antoine de Chartres, par les trous boueux de sa visière, voit ce membre agité s'en aller de son corps comme s'il lui disait : « Au revoir... » (Je cherche une larme.)

À l'arrière de cet incident ça prend une position radicale, criée par la voix du comte de Vendôme :

— Pour rejoindre les trois bataillons du duc d'York, d'Henry V et de lord Camoys, cavaliers, contournez la ligne des archers. Ce n'est que merdaille ! Il n'y a que tuer un ennemi vêtu d'une armure comparable à la sienne qui soit une gloire !

Noble ambition.

— Ne nous attardons pas avec cette piétaille étrangère au système chevaleresque car ce serait y perdre notre honneur ! gueule à son tour le seigneur de Dampierre, le second commandant de l'aile gauche de la cavalerie lourde. Que chacun d'entre nous prenne d'abord appui sur ce cheval mort pour bondir au ras de la forêt bordée de grosses pierres, afin d'éviter aussi l'excès de vase !

Les nobles montés, dos droit sur une selle à dossier et accoudoirs, pieds glissés au creux de lourds étriers, tenant d'un poing une lance et de l'autre des rênes, éperonnent leur cheval dans le but de n'aller affronter que des *lords* et des *sirs*. S'ils dédaignent s'en prendre aux archers, ceux-ci, moins bégueules, veulent bien leur tirer dessus. Pendant que les montures masquées et flanquées de métal écrabouillent de leurs sabots les côtes du percheron tué qui, du coup, lâche de gros pets à la tronche d'Antoine de Chartres (décidément…) qui se trouve lui-même piétiné par d'autres chevaux le faisant entièrement disparaître sous plus d'un mètre de boue (ah ben dis donc, ce n'était pas sa journée), les *longbowmen* vident une partie de leur second carquois sur des étalons en longue robe à pompons dorés jetant leur cavalier.

— Ça ne se passe pas bien, ça ne se passe pas bien ! râle l'un d'eux, duc à terre qui aura bien du souci pour se relever.

Une quinzaine de canassons canardés ayant claqué, leurs carcasses gisant sur un flanc ou pattes en l'air tapissent ce coin de bourbier et facilitent le passage au galop du cortège de la cavalerie lourde. Comme quoi, à tout malheur quelque chose est bon. Ce qui pose en revanche un nouveau problème, c'est comment éviter l'archerie anglaise ? Qu'Henry V ait positionné son armée au point le plus étroit du champ empêche le contournement de ses troupes par les Français. Le comte de Vendôme, accroché au harnais d'or de son cheval, se scandalise :

— Pourquoi a-t-on laissé l'ennemi avancer jusque-là ? Quel grave manque d'organisation !

À ses côtés, le seigneur de Dampierre regrette :

— Si le champ n'avait pas été étranglé par les deux forêts il aurait été aisé de les prendre à revers ! Ils n'auraient plus su de quel côté tirer leurs flèches, pendant que notre avant-garde démontée serait venue s'en débarrasser à coups d'épée. Plus qu'une seule solution : dévier notre course vers le centre pour traverser l'archerie jusqu'aux *milords* en acte d'apothéose !

Sur un cheval bayard à pieds blancs et étoile au front, le comte de Vendôme s'élance, suivi par l'ensemble de la cavalerie de l'aile gauche. Celle de l'aile droite agit de même. C'est donc presque mille deux cents chevaux qui montent dans la terre moins boueuse, face aux archers faisant alors dix pas en arrière après que la grosse voix de Thomas Erpingham a hurlé :

— *Longbowmen*, leurrez-les !

Les Anglais ont délibérément reculé en laissant leurs aiguisés pieux à moules plantés et penchés vers les Français dont les chevaux courent s'empaler dessus. Collision phénoménale aux conséquences fort déplaisantes. La cavalerie, n'ayant pas prêté suffisamment attention aux pieux, s'est précipitée dans le piège (perfide !). Beaucoup de destriers de guerre s'y éventrent. En pleine charge, un animal embroché hennit. Ses genoux plient et il bascule en avant. Son cavalier suit de bas en haut de la crinière et tombe, tête dans la vase, où il se fait planter par les pointes des dernières tiges de frêne des archers. D'autres nobles, aspergés de boue, n'y voient plus grand-chose et leurs chevaux non plus. Entrailles déchirées par les supports à moules taillés, des boyaux s'échappent des équidés puis s'enroulent autour d'une cheville de ceux qui les montaient, ayant basculé de leur selle et se trouvant entraînés au sol par ces rubans roses, verts, bleutés, qui finissent par éclater en propulsant partout des quantités de boules de crottin. C'est dingue. Parce que chaque pieu est assez proche de son voisin pour malignement stopper les étalons mais suffisamment écarté d'un pas pour que puissent circuler les archers, un seul chevalier parvient à passer entre deux pieux alignés. C'est l'un des commandants de l'aile droite de la cavalerie lourde. Un témoin racontera plus tard, en vieux françois :

> *Messire Guillaume de Saveuse, qui était ordonné à cheval comme les autres, se dérangea tout seul entre deux pieux devant ses compaignons, cuidant qu'ils allaient l'y suivre pour frapper dedans lesdits archers mais, là, incontinent et sans aucune aide, fut tiré de son cheval et mis à mort.*

Après cette innovation anglaise en prévision de l'attaque de la chevalerie, les chevaux devenus incontrôlables fuient sur les côtés où les attend une autre surprise *made in Henry V*. Le jeune roi d'Angleterre ayant ordonné à son porte-étendard de sonner du cor, de la forêt d'Azincourt et de celle de Tramecourt – côtés gauche et droit du champ de bataille –, deux cents archers dissimulés apparaissent et tirent sur les chevaux venant vers eux. Des volées de flèches criblent leurs flancs caparaçonnés.

— C'est de la triche ! s'en indigne un baron.

Les cavaliers français, trop préoccupés par les pieux de l'archerie d'en face, ne pouvaient donc apercevoir le surgissement des tireurs latéraux et en sont choqués :

— C'est absolument contraire aux lois de la guerre ! Voilà l'acte le plus scélérat qui puisse être commis !

Trop bloquée en ses immuables principes ancestraux, la fantastique chevalerie française paie *cash* sa vanité et son incapacité à s'adapter aux temps nouveaux. Les Anglais ont contrevenu aux codes de la guerre, et alors, ce n'est pas une partie de cricket ! Les séquelles en sont terribles. L'attaque des *longbowmen* planqués dans les bois est un jeu dont les membres de l'ordre de l'Étoile et de la Très Noble Maison, aux yeux étonnés à l'intérieur des visières, deviennent les proies faciles, pas du tout envisagées par le manuscrit de *L'Arbre des batailles*. Depuis les fourrés, les tireurs continuent d'allumer les chevaux affolés qui ne savent où se diriger. Sur les côtés ce n'est plus possible, devant eux où sont les pieux n'en parlons même pas, il ne leur reste plus qu'une solution : se retourner. Les voyant faire, une excitation roule dans les veines anglaises : il se passe un truc ! Les chevaux paniqués fuient aveuglément, chargent les Français ! Par réflexe, fous de douleur à cause des flèches plantées en eux, ils tournent bride et refluent sur la première ligne de l'avant-garde des princes – seul obstacle inoffensif (forcément, métamorphosés en hérissons, ils y sont presque tous morts). Leurs cadavres, maintenus verticaux par le profond bourbier qui les retenait, se trouvent carambolés comme des quilles. Les dépouilles se renversent. Elles chutent enfin ou sont projetées haut en l'air telles des poupées de chiffon qui retombent sur les rangs suivants.

Fut l'avant-garde toute fendue en plusieurs lieux

Les ducs, comtes, barons en selle peinent à tenter de maîtriser leurs montures, qui viennent semer le désordre dans les huit premiers rangs et qui défoncent, de leurs sabots aux lourds fers de guerre, d'autres grands seigneurs avec lesquels ils trinquaient en riant la veille au soir. Mêlées au fracas des plastrons complètement emboutis faisant éclater les rivets, aux hennissements désespérés des bêtes cherchant refuge, les voix des cavaliers préviennent :

— Chaud devant !

Lors de la volte-face chevaline pour traverser les trois corps de bataille successifs plutôt que de galoper vers l'ennemi, certains compagnons d'armes protègent des bras leur casque emplumé en gueulant :

— Pourquoi personne n'ordonne de remettre de l'ordre là-dedans ?! Il est où le connétable ?

— Mort…

— Oh, merde ! Je ne l'avais pas imaginée comme ça, la journée…

— Boucicaut est blessé et Charles d'Orléans a disparu.

L'armée française doit subir une violente charge massive de sa propre cavalerie. Sur les cinq cents mètres de largeur du champ un millier de chevaux lancés ensemble au galop en une horde extraordinaire dévastent tout, renversant chacun. Une folie épouvantable broie d'abord l'avant-garde de hauts dignitaires déjà serrés à ne plus pouvoir se mouvoir. Scène de panique générale. Des nobles encore en selle tels qu'au rodéo sont virés par leur monture et souvent, à cause d'une poulaine coincée dans un étrier, ils planent longtemps au-dessus du sol derrière leur cheval et malgré eux, à coups de bassinets, canons d'avant-bras, cuissards métalliques, fracassent les gueules à découvert des simples combattants de leur camp qu'ils croisent. Entre des râles de blessés et de mourants, l'archevêque de Sens, coiffé de sa mitre, vole avec son encensoir. Ceux du deuxième corps de bataille, qui ne peuvent rien voir mais pas sourds, se demandent ce qu'il se passe à l'avant-garde. Bientôt ils sont renseignés quand les premiers chevaux, marqués de sang, ont passé. La cavalerie française déferle en foule vers la mort... des Français. C'est une hallucination.

Piteuse adventure !...

Partie des deux ailes de la gigantesque armée des guerriers à pied après avoir entendu : « À l'attaque ! », d'un bout à l'autre la charge de la cavalerie lourde s'avère un fiasco total par quoi sont affolés et meurtris tant de fantassins. Sur la terre spongieuse, la courtoisie chevaleresque les éviscère. Juste avant l'arrière-garde, les arbalétriers ont un mouvement de recul puis sont, pour beaucoup, écrabouillés par les sabots. La terre s'effondre, se soulève. Des feuilles courent et roulent comme des folles jusqu'aux mercenaires du dernier corps de bataille qui, parce que le champ y est plus large, évitent pour la plupart à temps les chevaux en longue robe qui filent vers des prés où ils pourront brouter. Au passage, ces soldats d'occasion, pas cons, sautent sur les pur-sang les moins blessés qu'ils montent pour quitter la région. Ils se sauvent vers Ruisseauville en dérapant parfois dans des magmas rougeoyant d'entrailles d'étalons à l'arrière-train qui s'écroule. Situation surréaliste et débandade. Encore plus loin, allongée sur le dos au bord d'une table d'intendance entre des chariots et jambes en l'air écartées en « V », Fleur de lys laisse venir en elle à tour de rôle des cuisiniers de seigneurs en campagne et elle entend de drôles de choses pendant qu'ils s'agrippent à ses cuisses :

— J'ai connu ta mère. Était-ce à Nicopolis contre les Turcs ? Peut-être que je suis ton père.

Tête renversée à l'autre bord de la petite table, la ribaude au châle jaune sent vibrer son corps et perçoit un bruit pareil à celui d'une mer rouleuse de galets s'approchant d'elle comme une marée. Ses cheveux châtains ont des vertiges. Les aventuriers culinaires qui la farcissent et aux souvenirs pleins d'exploits divers miaulent en elle tels des chats au-dessus des flots de boue houleuse de ce champ qui demeurera célèbre en naufrages. Entre les glorieuses armoiries ruisselantes de sang des destriers princiers qui déguerpissent de chaque côté en évitant le meuble, et en ses senteurs devenues épicées et animales, des hommes disent à la jeune femme qu'ils sont peut-être son père tout en la baisant. Entrouvrant ses belles lèvres au-dessus de ses petites dents d'hermine, Fleur de lys constate :

— C'est le monde à l'envers.

* * *

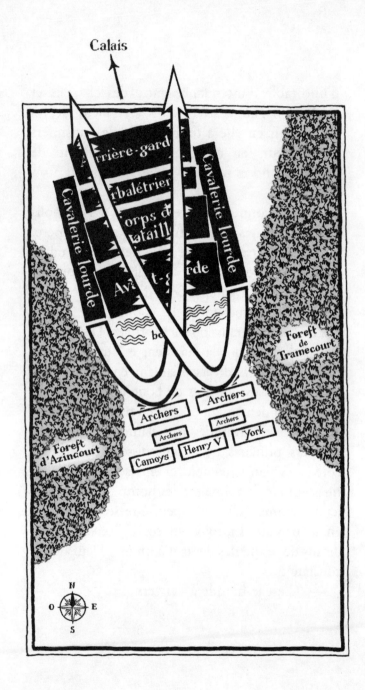

Tous les archers, ayant tiré les dernières flèches du second carquois, jettent leur arc et décrochent la hache qu'ils avaient suspendue à la ceinture :

— Maintenant c'est fini la rigolade !

Avançant en s'enfonçant tout d'abord jusqu'à mi-jambes dans la profonde gadoue qui borde les premières lignes françaises, tous, pieds nus, progressent ensuite plus facilement sur des quantités de cadavres de chevaux, d'hommes, étalés et transpercés de flèches. Ce qui les anime vers l'affrontement au corps-à-corps c'est la gnôle qui fut bue à jeun au goulot des gourdes et la volonté farouche de poursuivre tout droit afin de retrouver leur île. Pour ce, ils s'ouvrent un passage dans les rangs français à grands coups de haches qui tapent et tranchent au hasard. La bataille affamée ouvre ses vastes mâchoires. La bourrasque des chocs souffle aux oreilles.

— À la mort ! À la mort !

Les dépouillés à poil et ceux vêtus d'un surcot vert que recouvre une grande croix rouge ne font pas dans le détail non plus vis-à-vis des nobles en armure tombés dans la boue et qui ne parviennent à se relever. Coiffé d'un casque en osier, celui-là, aux joues décharnées envahies de pustules, boutons, tumeurs, relève la visière d'un joli baron étonné à qui il lance :

— Coucou !

De sa hache de guerre à lame courbe en forme de croissant de lune d'un côté et pointe acérée de l'autre appelée « bec de faucon », il ravage dans le bassinet en utilisant la partie bec le visage du noble, qui s'en trouve alors beaucoup moins beau. Tout près, un également enivré du cerveau agit de même à l'encontre d'un comte à terre mais il lui chie sa diarrhée sur la gueule avant que de rabattre la visière en riant et de l'achever avec la partie croissant de lune de son arme traversant la ferraille qui entoure la gorge. Ce n'est guère *fair-play* ni dans la coutume de la chevalerie tout comme ce coup de hache, lancé verticalement de bas en haut, dans l'entrejambe d'un duc qui était parvenu à se remettre sur pied mais dont les organes génitaux maintenant tombent au sol en générant un fort épanchement de sang. Il est à espérer qu'il ait eu le temps de se reproduire parce que, là, ça va devenir difficile côté descendance de sa ducale lignée. Raclements d'épées sortant des fourreaux mêlés à une clameur énorme, on dirait que la France s'éveille. Sa noblesse presque aveugle dans le noir des bassinets se bat en lançant des coups de longues lames n'importe où, souvent dans le vide, alors que les Anglais qui voient tout savent où ils frappent. Ce qui entre dans le grand corps de l'armée française est viral. Certains archers sont venus aussi avec la corde de leur arc pour étrangler leurs ennemis sans visage. Les Anglais déferlent. On a maintenant l'impression que ce sont eux les plus nombreux. Ils fendent chacune de leurs victimes comme si c'était une bûche. Ces gueux baignent leurs avant-bras nus dans le sang des princes. Mus par la colère, ils ont pris feu comme la poudre d'une bombarde en s'exclamant :

— Traverser ce champ ou alors tous mourir en un jour !

Les Français encore éblouis par la lumière du soleil qui leur fait face et file dans les petits trous des visières, sur le sol scintillant resté détrempé par les abondantes pluies, crèvent quand même des ventres au fil de leur rapière, tranchent des gorges à découvert. Les troupes d'Henry V perdent quelques centaines de guerriers durant ce combat mais c'est un nombre vraiment faible en comparaison de l'hécatombe que subissent les autochtones.

— Allez, au récit de notre gloire !

Les Anglais mènent leur sabbat sur le champ où se mêlent deux fureurs ensanglantées d'horreurs avec dans les poings une rage mortelle et des bruits de forge. La terre se lamente de devoir assouvir ce temps carnassier où les archers, barbouillés des couleurs du cauchemar sous un ciel vitrifié d'épouvantes, se sont engagés dans une bataille animale :

— Point de quartier !

Leur masse mouvante se précipite plus loin dans l'immense tuerie :

— À mort !

Des fers brutaux frappent et mutilent sans discernement. Cet enfant, le petit Hellandes, n'a que quinze ans. C'est son père, le bailli de Rouen, qui l'a envoyé là. Il est innocent ! Qu'importe, qu'on l'égorge ! La force dans les bras et la mort dans les regards. Au carnage ils se ruent tous, se liant en des étreintes féroces. Ils serrent les dents et des yeux louchent. Sans *mercy*, les Anglais occisent à tout-va les Français qui ont fait la bringue la veille au soir. Ah, ça dessaoule ! Le gros Guillaume de Brémond d'Ars, soixante-douze ans, engoncé en son armure boursouflée, suffoque et se tortille, pris de convulsions à plat dos dans la boue où un valet en livrée attaché à son service vient tenter de le remettre debout en regrettant :

— Je vous avais dit, monseigneur, que ce n'était plus de votre âge. Regardez dans quel état vous vous êtes mis !

Ce valet sans arme qui est un non-combattant doit donc se retrouver épargné selon les règles de la chevalerie. Épargné, tu parles ! Un archer qui n'en a rien à foutre de *L'Arbre des batailles* décapite le larbin d'un grand balancement de hache horizontal.

— Sauve qui peut !

* * *

Loin de la bataille, au sommet d'une petite colline, Fleur de lys est venue se glisser entre les deux témoins officiels de l'affrontement. Le héraut d'armes anglais à sa droite et le Français – Montjoie – à sa gauche sont debout de part et d'autre de la catin dont ils caressent chacun une fesse à tour de rôle, en fonction de ce qui se passe dans le combat là-bas. Quand les Anglais ont le dessus, la aussi coureuse de remparts se fait malaxer la fesse droite, mais si les Français semblent reprendre l'avantage c'est la fesse gauche qui se trouve caressée. En tenue d'apparat, les deux émissaires, dans leur main non peloteuse, tiennent la traditionnelle baguette blanche indi-quant leur fonction, de chaque côté de la ribaude aux épaules couvertes de son obligatoire châle jaune par-dessus sa robe blanche qui ondule dans l'air. En face des trois impassibles le vent de la

Manche charrie jusqu'à leurs narines des odeurs de sang venant se mêler à celles des dernières roses qui ont poussé en haut du monticule. Fleur de lys découvre des étincelles de fer percutant d'autres fers faisant couler un sang rouge, semblable à celui de ses règles, qui s'en va par les longs sillons de la terre rejoindre les nombreuses flaques du terrain impraticable. Elle voit que les Français en péril vacillent et reculent, poussés par la colère ennemie. En des volutes de sueurs perceptibles depuis le monticule, il flotte une bestialité, une volonté des *longbowmen* de bousiller ces nobles à tête d'acier qui, selon leur jeune roi, avaient juré d'aller les amputer de trois doigts. La pute à soldats sent ceux du héraut qui lui pincent fort la fesse droite. Elle ne pivote pas pour le gifler. Elle ne reste attentive qu'à cette bagarre de rue à l'échelle industrielle où la peur anglaise de la veille s'est métamorphosée en délire de haine. *Stress*, décharges d'adrénaline, excitations, exploits sportifs de ces hommes essoufflés par les combats à mort. Là-bas on extermine de l'éphémère humanité dans des trépas inutiles. Beaux yeux verts aux contours très assombris de fatigue lui donnant l'air d'être maquillée de chaque côté d'un joli nez droit dominant une longue bouche close dont la lèvre supérieure déborde un peu celle du dessous en tremblant près d'un petit menton rond, Fleur de lys n'a pas du tout la tête rentrée dans les épaules. Il se dégage d'elle une noblesse peu commune dans le secteur malgré la foison de comtes, barons, lords et tout le tin-touin. Sa chevelure châtain rassemblée en vrac derrière le crâne laisse échapper sur les côtés des hasards de mèches aux courbes étonnamment artistiques. Ses joues paraissent un peu s'emplir d'un chagrin qui prend le ventre alors que son regard reste fixe et dur quoique non loin des larmes. À quoi pense-t-elle ? Sous des sourcils bien dessinés la ribaude demeure bouleversante. On voudrait la prendre dans ses bras mais bon, il faudrait aussi accepter de la partager à tout-va. C'est triste, c'est la vie. D'où elle se trouve, cou rigide et regard perçant dirigé loin devant, elle voit tout même ce duc qui bascule sur son porte-étendard. À perte d'haleine la piétaille anglaise va sur la grande et rouge oriflamme de la mort qui avait dévoilé l'intention impitoyable de l'armée française. Maintenant elle se chiffonne dans la vase parmi d'autres pauvres drapeaux en loques. Des bannières étincelant de motifs glorieux s'étirent et se déchirent sous les pas. La cape d'un comte, armoriée de deux dauphins verticaux per-cutant leurs ventres, tombe dans une flaque. Les cétacés retournent à l'eau. Les Anglais déploient toute leur intrépidité tandis que les Français n'ont

aucune agilité. Ils ne sont que capables de frapper
de leur épée comme des machines balourdes. Ah,
qu'il y a du deuil dans l'air ! Fleur de lys scrute
cette boucherie monstrueuse, ces débordements
d'atrocités entre les rassasiés et les affamés qui
s'empêtrent parmi les morts et les blessés. C'est
sidérant. L'affrontement a bâti un long mur de
cadavres de grands seigneurs et chevaux, traversant le champ de bataille sur toute sa largeur et
d'une hauteur supérieure à celle d'un homme.
Les Français qui s'y trouvent devant, finalement
trop gênés par leur armure face aux dingues à
poil, ne parviennent ni à les attaquer ni à battre
en retraite à cause du haut rempart de corps derrière eux qu'il leur faudrait escalader. Les très
nombreux de l'avant-garde qui s'y risquent quand
même pour déguerpir sont déçus d'être percutés
par l'arrivée massive des soldats du corps de bataille
principal grimpant, de l'autre côté, par-dessus
l'amas de dépouilles, alors ils doivent retourner
(sans joie) affronter l'adversaire. Étrange armée
française dont le deuxième corps se précipite en
avant alors que le premier cherche à fuir en arrière.
Ça devient pire quand le troisième, commandé
entre autres par le seigneur de Dammartin, décide
de lancer à son tour une contre-attaque pendant
que la pute à soldats sent une main voluptueuse
s'animer sur sa fesse gauche mais ça dure peu. Les

arbalétriers, nobles de basse naissance et soldats d'occasion qui ne peuvent rien voir bousculent les combattants devant eux, mais ils poussent tant que tout vire au désastre et Montjoie ôte vite sa paume du cul de la catin. La pression exercée par l'arrière est trop forte. Quand des guerriers choient, les suivants les piétinent. Tentant de porter secours, le troisième corps de bataille pousse les deux premiers vers les haches. Ça fait comme une viande tassée vers les dents d'un hachoir dont je ne sais qui tournerait la manivelle. Rangée par rangée, les nobles accoutrés sont forcés d'escalader le grand monticule à la rigidité cadavérique pour devoir ensuite, malgré eux, redescendre l'autre versant vers les « Non mais ils sont timbrés », « Ça va pas la tête ! », « Ce ne sont plus des humains, ça ». Et l'aristocratie alors ?! Ne comprenant pas la langue locale, les fantassins anglais venus des bas quartiers de quelque cité dangereuse se contentent d'accomplir leur besogne meurtrière. Par vagues d'assauts directs ils se ruent à l'attaque à mort des hommes en armure glissant en lave du tas humain. La viande leur arrive. Ils la hachent menu. On est passé du combat à la boucherie systématique. Ils vont même jusqu'à porter à l'horizontale des fervêtus morts qu'ils utilisent à la façon d'un bélier, mais pieds devant pour que les métalliques longues poulaines pointues crèvent des ventres. Ils sont quand même… Du côté français, la masse qui suit pousse les précédents vers la mort. C'est l'apothéose du pire. Montjoie croise les bras tandis que la fesse droite de la ribaude rebondit dans tous les sens. Prenant la mesure du désastre apocalyptique, celle au châle jaune voit sur le tas français des hommes, dont sans doute plusieurs amants furtifs, qui dévalent, visage en avant, pour aller se noyer dans des flaques. C'est grotesque.

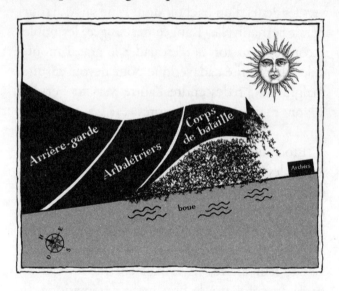

* * *

Sous la bataille, parmi des corps enchevêtrés, Charles d'Orléans, contrairement à Fleur de lys très à l'écart, ne voit rien du combat mais entend tout : les cris rauques des hommes de l'armée anglaise, les fracas métalliques et les gémissements des blessés auxquels il est mêlé. Il y a au-dessus de lui des hurlements d'agonie et des « *Hurrah !* » d'archers. Profondément englouti sous la haie de cadavres parce qu'il a été l'un des premiers renversés mais quand même après quelques autres qui lui évitent de se retrouver trop enfoncé dans la boue où plusieurs se sont noyés, coincé mais protégé entre deux carcasses d'équidés sur le flanc dont celle d'un cheval qui bande en mourant comme si c'était le moment, le neveu du roi en verre dont le règne bascule dans le chaos halète à plat dos. Lui qui n'avait envisagé son avenir que du haut des donjons de ses châteaux se trouve enfoui sous le drame historique. Stupéfait de ressentir son destin à l'envers il se demande : « Qu'est ceci ? » et s'il lui faut s'y résigner dans un sourire ou s'en lamenter à mots chuchotés. Il fait son choix :

> *C'est à se briser la tête de réprimander le destin qui ne se résout à rien. Il faudrait être bien bête. C'est à se briser la tête de réprimander le destin. Vient-il donner sa fête ? Je l'entends faire danser quelques-uns, les autres il les maltraite. C'est à se briser la tête !*

Voilà le retour du poète qu'il aurait dû se contenter de demeurer. L'abri d'un troisième cheval éventré, étalé en travers sur les deux qui le serrent, l'empêche d'être étouffé par le poids de tant d'autres combattants qui tombent encore par-dessus lui. Désormais là, Charles d'Orléans qui la ramenait n'ose plus aboyer après tout le monde. Il faut le comprendre : un vaincu ne peut pas grand-chose. Lui qui entendait faire régner la terreur à travers les rangs anglais, c'est raté. Dans la boue jusqu'au ras des oreilles et débordant un peu sa lèvre inférieure, à vingt et un ans, il perd sa jeunesse en grand tourment et avale aussi maints soucis sans mâcher, mais il cherche à s'encourager :

> *Ne sois qu'à toi dorénavant, que le reste t'importe peu. Dans ce bourbier périclitant, ne sois qu'à toi dorénavant. Ressens, écoute, et parle peu, le destin décidera. Ne sois qu'à toi !*

Parce qu'il remue un peu les épaules contre une pièce de soie que les spallières de son armure écorchent, il perçoit le bruit de la déchirure de sa bannière illustrée d'un serpent couronné qui avale un enfant, mais c'est maintenant la terre, en glougloutant, qui avale le jeune prince. Dans le noir, en dessous du très haut niveau sonore de l'engagement, filtré par l'accumulation des corps, l'effroyable boucan de la bataille, aux tympans de Charles d'Orléans, se métamorphose en musique. Des clameurs devenant des pleurs, des jurons et des « han ! » d'égorgeurs, d'autres braillements de souffrance apportent étrangement à ses chansons quelques paroles légères :

Quand je me mettrai à voler, me sentant porté sur des ailes, mon bien-être sera tellement grand que je crains de prendre l'essor. Malgré de beaux cris et des leurres, mon cap sera le vent plaisant quand je me mettrai à voler, me sentant porté sur des ailes. Il me faut encore rester longtemps dans cette cage mais quand j'en aurai terminé, à la redécouverte du temps doux et clair, on devra me pardonner quand je me mettrai à voler.

Le neveu de Charles VI entend ensuite, là-haut à sa verticale, grâce à des trous d'air filant entre les dépouilles agglutinées :

— Non, ne me frappez pas ! Je suis Robert de Marle, le comte de Soissons, et je me rends ! Je me rends ! Voyez, en signe de reddition, je retire mon gant que je vous tends.

— *Are you rich ?*

* * *

Alors que les nobles français, continuant d'être poussés par l'arrière-garde, arrivent à leurs dépens en haut du mur constitué de centaines et de centaines de cadavres, les Anglais d'en face, les voyant redescendre, font leurs courses parmi eux. Tels qu'au marché ils sélectionnent les plus beaux produits. Les petits seigneurs de village simplement couverts des anneaux d'une cotte de mailles les intéressent si peu qu'ils les fendent d'un coup de hache entre les yeux. Celui-là, par exemple, en louche et tombe. Ça lui apprendra à s'être présenté à l'ennemi jambes dans de misérables braies aux aiguillettes de cuir. Pareil pour ceux vêtus d'un gambison bourré de crin, ils ne valent rien donc sont tués avec une laide efficacité puis balancés sur les côtés comme des coquillages cassés, mais si s'approche le métal d'un plastron décoré des gouttes d'argent d'un ouvrage d'orfèvre, alors là…

— Viens un peu par là, toi. *Are you very rich ?*

— Oui, très, mais moral miné en découvrant la situation désespérée, selon les us de la chevalerie française en pareille circonstance, je me rends à vous.

L'archer qui l'a pris en a grande joie et, par gestes, lui fait signe de tendre son gant droit, de virer son bassinet et de jeter ses armes.

Conformément aux usages chevaleresques dont sont pétris les princes, le devenu prisonnier devant être mis à rançon ôte aussi le capuchon de cuir qui libère sa longue chevelure tout en donnant sa parole d'honneur de ne plus participer à la bataille. Celui qui l'a capturé le pousse hors de la furie du champ pour, le long de la forêt de Tramecourt, le conduire jusqu'à Maisoncelle. Pauvre gars recruté dans une taverne, il a trouvé la fortune. Quelquefois ça se passe moins bien :

— J'ai huit ou neuf mille ducats tant en or qu'en vaisselle d'argent et en joyaux mais si soigneusement cachés que moi seul pourrais les retrouver, et spécialement cinq à six mille ducats que j'ai dans de petits coffres ferrés en rivière près des premiers contreforts du pic du Lizieux, à une lieue du pays d'Auvergne.

— Oh, là, là, ça va être trop compliqué ! estime le soldat de base anglais qui assène un coup de hache derrière les genoux du quasi-Auvergnat.

S'il en réchappe il aura quand même du mal ensuite à danser la bourrée.

Tant de *longbowmen* qui se sont engagés afin d'éviter des punitions pour vol, violence ou crime ici se régalent en toute impunité, allant jusqu'à s'octroyer le droit de faire les difficiles :

— Et toi, habillé en fer de pot d'aisance, t'as quoi ? Réponds ou je te tue comme au coin d'une rue.

— Je suis né au château que l'on dit de Beaudéduit que feu mon père tenait en foi et hommage de l'évêque de Limoges. Depuis dix-huit ans ou environ, ce château, par le temps des guerres qui sont au pays, a été entièrement détruit et abattu, et à présent il ne m'en reste aucun édifice mais l'endroit seulement que je vous cède en échange de ma vie.

— Aucun intérêt ! Je ne vais pas m'emmerder pour un terrain vague !

Le hobereau, d'un coup de bec de faucon contre sa tôle non résistante, se trouve mis en perce comme les tonneaux de vin auxquels il s'abreuvait la veille. Près de lui qui se vide à terre, un jeune gentilhomme campagnard, soulevant sa visière, supplie :

— Épargnez-moi, je ne suis marié que depuis deux ans. J'ai épousé une Mariotte Marchès de laquelle je n'ai encore aucun enfant.

— Rien à foutre !

Mise à mort rapide puis on passe au suivant. Tandis que la bataille continue de gronder en un continuel orage de fracas métalliques, trois, là, désignent le même duc dont ils veulent tous faire l'acquisition :

— Je le prends !

— Il est à moi !

— Non, à moi !

C'est la victime qui remet de l'ordre parmi eux. C'est quand même un comble :

— Menez-moi courtoisement et ne vous disputez plus ensemble de ma prise car je suis suffisamment aisé pour faire riche chacun de vous trois.

— Bon, alors dans ce cas...

Qu'il y en a à grande foison des personnages de haut rang mis à finance ! Parfois les archers ne se souviennent plus lequel ils ont arrêté :

— Nom de Dieu de nom de Dieu !... Mais quel merdier, une vache n'y retrouverait pas son veau !

Les Anglais en foule à la queue leu leu, tel un courant, longeant les taillis bordant le champ bouillonnant de violence, ramènent leur troupeau de prisonniers appelés messeigneurs jusqu'auprès de Maisoncelle où après leur avoir demandé leur nom ils les rangeront selon leur rang puis discuteront du montant des rançons. Pour l'instant, progressant près d'armures ensoleillées, scintillantes comme des jours de fête, dans lesquelles se trouvent des sources de grands profits, ils n'en espéraient pas autant, alors ils fredonnent une ballade anglaise :

Ô richesse, richesse,
tu t'éveilles donc pour aller sur notre île !

Les capturés aussi vont, tranquilles, sachant qu'ils auront la vie sauve selon les lois de la guerre communément admises. Un baron aux spallières couvertes de plumes de jeune autruche admet sans ressentir d'humiliation :

— J'acquerrai plus d'honneurs en gardant mon corps qu'en mourant à la bataille.

Alors ils sont là, sans doute plus de mille allant en affaire... Henry V, à la tête du bataillon central d'arrière-garde, tourne vers eux son œil valide et n'en revient pas. Il inspire profondément pour lancer un ordre quand lord Camoys, depuis le bataillon gauche, l'interpelle :

— Sire ! Regardez devant !

* * *

Grâce à l'abandon du champ de bataille par un si grand nombre d'archers qui conduisent leur riche prisonnier en haut de la pente, à la bascule du plateau, les Français reprennent du poil de la bête. Là-bas à l'ouest, sur le monticule, une petite pute doit sentir une main rassurée et baladeuse contre sa fesse gauche. Les pauvres cupides marchandeurs de rançons, ayant pris la tangente pour négocier, ont redonné confiance à leurs adversaires restés en place. La victoire de l'armée de Charles VI paraît même, soudainement, envisageable. Donc le coup, pourtant fort mal engagé, serait jouable ? Ils en sont très étonnés. L'écrasement des Anglais redeviendrait à leur portée comme ils en étaient certains la veille ? Quel retournement de situation ! Profitant des larges brèches apparues dans les lignes ennemies qui lui ouvrent maintenant un passage face aux lords, le corps de bataille, ayant franchi le mur de viandes mortes, s'organise sous les ordres des comtes qui le commandent, dont celui de Vaudémont exigeant :

— Ramassez les lances tombées des grands seigneurs occis de l'avant-garde et formez un bataillon à peu près aussi nombreux que l'ensemble de ceux d'en face dirigés par le duc d'York, son royal neveu et Camoys !

— On pourrait tenter autre chose… suggère le comte de Roucy.

— Non, pas d'innovation, la tradition ! Et ils vont voir comme on se bat, nobles contre nobles, dans la chevalerie française !

— Il est vrai, abonde dans le même sens le comte de Grandpré, que plutôt que de se trouver capturés par leurs gens de trait il est autrement plus raffiné de se jeter sur un combattant de son rang et le vaincre !

— Ah, maudits Anglais, vous avez commencé par nous faire danser !… surenchérit le comte de Blâmont, eh bien à notre tour, pour parler net, de vous ramoner. Quant à moi, me voilà disposé à égratigner vos boyaux !

— Tout le monde est en place ? demande Vaudémont. Alors, à l'assaut, nous avons des ventres à crever et la couronne anglaise à cueillir !

Le soleil, derrière la forêt de Tramecourt, fait passer des traits de lumière dans les gouttes des feuillages, et l'escadron français s'élance à l'attaque. En face, le roi d'Angleterre donne à son tour le même ordre.

Les Français, parvenant dorénavant à avancer car le sol est recouvert de cadavres par-dessus lesquels ils s'enfoncent moins que dans la gadoue, réussissent même à lever haut leurs genoux pour se mettre à courir. En première ligne, Grandpré qui bombe fièrement son buste hérisse la lance ornée du fanion d'un prince succombé puis la rabaisse, prêt à piquer, tout en entraînant les autres :

— Allons, suivez-moi, vous ne me verrez jamais me retourner mais toujours aller de l'avant !

Ensuite, c'est au pas saccadé sur des décédés (il n'y aura pas besoin de lisier pour les récoltes prochaines…) que les troupes ennemies, armées de tiges de frêne à grosse pointe en fer, foncent l'une vers l'autre. Les nobles combattants des deux camps filent attaquer leurs homologues afin de connaître la gloire :

— Sus après eux, compères ! s'exclame Blâmont. Moi, je veux du lord de ma classe et plus tard dire que j'ai tué le roi d'Angleterre ! J'en ai fait le pari avec le duc d'Alençon !

Presque mille hommes d'un côté s'apprêtent à en percer autant de l'autre. Les archers encore présents sur le champ de bataille ne veulent pas se mêler à cet affrontement ponctuel qui a ses codes. Ils préfèrent s'écarter sur les ailes pour, à leur tour, y faire des réquisitions tarifées. Pendant ce temps, la masse mouvante des fervêtus de l'arrière-garde anglaise, jusque-là restée passive, s'aveugle brusquement de furie autour de la couronne qui luit, soudée au casque d'Henry V, et on sent que ce n'est pas pour la courtoisie d'un tournoi, afin d'épater les dames. En chargeant sur quatre lignes successives, les hommes du bataillon français poussent un grand cri pour se donner du cœur à l'ouvrage. Presque au point de rencontre, les lanciers de Charles VI calculent la poussée de leur lance en prenant appui, comme il se doit, sur la jambe opposée mais !… mais on n'entend aucun choc d'entrecroisements métalliques car les lances des Français, ayant été tranchées par le milieu juste avant la bataille, ont leur extrémité qui ballotte maintenant inutilement dans le vide alors que les deux fois plus longues tiges de frêne, intactes, des Anglais traversent de part en part des adversaires venus de Caen, Sens, Mâcon, Senlis ou Meaux qui, de leur paume libre, se tiennent aussitôt le ventre. Tous les Français du premier rang se trouvent transpercés au même instant par des coups d'estoc portés à travers les points de faiblesse des armures. Le bras droit arraché de Vaudémont ne pend plus que retenu par sa spallière inondée de sang. Beaucoup d'embrochés stupéfaits trébuchent et tombent à genoux avec leurs quarante kilos d'armure qui les font rouler parmi des armes éparses. Hector de Dreux entre autres a été crevé ainsi que ses frères. Philippe de Bourgogne, adoubé chevalier la veille, se meurt en suffoquant alors qu'avec panache le deuxième rang fonce à son tour, suicidaire, pour le même résultat. Occis le duc de Bar et le comte de Fauquembergues, quelle brochette ! Épisode épique plein d'étincelles de percussion, c'est une fureur nue. Ô désastre, pitié, jour à jamais célèbre, la moitié de la chevalerie du bataillon a péri en seulement une paire d'assauts de lords anglais. Ceux, serrés, du troisième rang hésitent, hagards, mais y vont quand même, faut être bête ! Les lances françaises raccourcies de moitié ne peuvent atteindre ni même approcher à moins de deux mètres des Anglais dont les leurs en mesurent le double, c'est sot. Les combattants du quatrième rang, plus raisonnables, fuient, dont l'un qui demande :

— Il est où le con qui a réclamé qu'on coupe nos lances en deux ?!

* * *

Il est sous un tas de cadavres à rêver des poèmes et s'y lasse :

En verrai-je jamais la fin de vos œuvres, Mélancolie ?
J'aurais préféré une autre voisine…

Parmi l'amoncellement s'amplifiant de corps et de souvenirs, Charles d'Orléans, à la jeune tronche éclaboussée de débris d'os et de cervelles humaines, se sent si proche, si loin de la bataille. Presque sans égratignures en son armure, surtout blessé dans son amour-propre, la lassitude l'enveloppe à nouveau de tristes certitudes habituelles en ses ritournelles. Vivant entre des monceaux de morts et alchimiste de la rime plongé tel qu'au fond d'une cuve remplie d'éléments disparates, il reconnaît là-haut la voix de David de Rambures qui s'adresse à ses fils.

* * *

— Le Flameng, le Danois, et toi aussi, Philippe... occupez-vous d'aligner tous les arbalétriers qu'il nous reste après la malencontreuse affaire des chevaux refluant au galop qui en ont écrabouillé des centaines et des centaines. Allez, mes garçons !

Au sommet de la longue colline de corps d'animaux et de combattants tués qui traverse tout le champ, les hommes de trait français, les enjambant d'abord, se juchent en position instable sur des cadavres de compagnons. Les mercenaires et gens de petite noblesse du fond de l'armée, qui ont déjà poussé les deux premiers corps de bataille à l'abattoir, ne sont pas trop pressés de devoir, eux aussi, franchir le haut rempart de chair humaine et chevaline. Ils préfèrent attendre que les puissantes arbalètes aient provoqué de considérables dégâts même à grande distance parmi les rangs anglais devant subir l'énorme force de choc réalisant d'immenses ravages, quoique s'avérant longues à recharger. Dans l'armée française où plus personne ne sait ni quoi faire ni à qui obéir et sans reste d'autorité pour réorganiser le combat en aboyant des ordres, c'est le bordel. Le grand maître des arbalétriers, au-dessus de la dune cadavérique, reprend les choses en main tout en s'esclaffant d'un ton de sanglier éventré :

— Si au début de l'affrontement, entre des canons, on nous avait réservé le premier rang, on n'en serait pas là ! Gens de trait, commencez votre mise en place de carreaux !

Entendant ceci, non loin, le duc d'Alençon déplore :

— Devoir dorénavant confier son sort à des arbalétriers, c'est vraiment la honte !

David de Rambures et ses trois fils, tous vêtus d'une tunique orange sur laquelle sont cousues des bandes jaunes, observent les réglages des différents systèmes à vis, poulies, de ces armes mécaniques en bois des Flandres lourdes de huit kilos, tout comme, en face, sont en train de reluquer cela les fervêtus anglais qui s'en trouvent pris de panique. Après l'affrontement des lanciers perdu mille à zéro par les Français, ou plutôt mille à un car le comte de Suffolk ayant glissé dans la vase fut troué au sol par un baron – au moins ils n'auront pas été fanny ! –, maintenant les *sirs* se méfient beaucoup des arbalètes et battent en retraite, courent sur des corps s'enfonçant dans la glaise, ce qui amuse beaucoup le quinquagénaire grand maître des arbalétriers s'ébrouant d'un grommellement :

— Gens de trait, regardez-les qui déguer-pissent. Sans états d'âme, tirez-leur dans le dos !

Corde très tractée au creux de l'encoche se trouvant maintenue en place jusqu'à l'instant du tir, les arbalétriers soulèvent leurs bras et lâchent la détente des armes. Leurs carreaux partent mais tombent piteusement à un mètre cin-quante d'eux, plouf ! Parce que les arbalètes ont été toute la nuit dernière laissées en tas sous la pluie virulente (contre l'avis de Fleur de lys !) les cordes trempées ont molli et se sont distendues.

— Raccourcissez-les, mais pas trop de crainte qu'elles se rompent, commande David de Rambures, puis réessayez-les !

La pluie a aussi rouillé le mécanisme des arba-lètes. Les cliquets cèdent trop vite et expédient, tel qu'au premier jet, les carreaux à moins de deux pas des tireurs.

— Maudite pluie !

— Eh bien, mortecouille, s'esclaffe le duc d'Alençon, heureusement qu'au moment de l'engagement on ne les a pas mis au premier rang, les arbalétriers ! Ah, si notre roi…

— Si Charles VI avait mené notre armée ça n'aurait pas été plus fou ! reconnaît le grand maître des gens de trait.

Face à eux, au loin, constatant la déconfiture des Français, les Anglais reviennent, d'un pas décidé, en tendant leurs lances (de quatre mètres !). Au pied de la longue colline sanguinolente, inclinant, pointes vers le haut, ces longues tiges de frêne, les fervêtus d'Henry V percent tous les arbalétriers, qui ne peuvent reculer à cause de l'arrière-garde trop tassée dans leur dos, non mais ! (Il y a des jours comme ça…) Ce lord sourit à David de Rambures qu'il éventre. Un rouge filet de sang coule à sa taille orange et jaune tandis que près de lui ses trois fils également piqués vacillent et perdent pied. Les quatre auraient mieux fait d'aller voir si les filles de Ruisseauville sont belles.

* * *

Traitant les Anglais de chiens allaités par des catins et avec des étincelles de démence dans les yeux sous la visière qu'il relève afin de porter la voix pour motiver d'autres nobles, plus loin sur le tas humain, de la nécessité d'une percée éclair, le jeune duc d'Alençon fougueux et piqué au vif – ah, l'ardeur de la jeunesse ! –, se sentant acculé à vaincre, trouve de l'énergie. Sa haine de l'ennemi héréditaire est plus forte que tout. Pour l'honneur de la France et principalement de son lignage, piétinant des dos d'arbalétriers étalés, il voit dix-huit gentilshommes le rejoindre et un qui décampe :

— Pourquoi tu t'en vas, toi ?

— Il ne faut jamais féconder un échec.

— C'est-à-dire ?

— On n'envoie pas de renfort à des morts.

— Ta femme aura honte parce que tu auras fui la bataille !

— Je dirai à ta veuve que tu y es allé mais, de la merde, l'action devient trop chaude et, pour ma part, je n'ai pas de vie de rechange.

Hors de lui et excédé, le duc d'Alençon ramasse la hache d'un archer mort (ah, quand même, il y en a !) et, accompagné par d'autres trop impétueux qui n'auront aucune chance de s'en sortir, il saute du haut rempart de viande pour chercher noise aux Anglais qui le voient arriver en bas. Jacques de Châtillon, seigneur de Dampierre, ainsi que plusieurs membres de sa famille sont immédiatement tués par autant de lances mais le duc d'Alençon se précipite vers la bannière du roi anglais. Français rempli d'orgueil au risque d'y perdre la vie, dans un fracas de sa hache de guerre qui frappe partout des *milords* reculant, il se rue vers Henry V entouré de ses gardes du corps. L'oncle du souverain aussi s'interpose. Mal lui en prend car, recevant maints coups, le duc d'York suffoque et meurt d'une crise cardiaque. Corps à terre, sa bouche ouverte fait des bulles dans la vase tandis qu'Alençon tente de frapper de sa hache la tête d'Henry V qui a le réflexe de la baisser en tombant à genoux. Le roi ne perçoit que le choc, à sa couronne soudée au bassinet, d'un des fleurons arraché, volant en éclats. Audace homérique que le responsable de ce forfait regrette aussitôt. Il m'aurait demandé mon avis je l'en aurais dissuadé car, alors qu'il se retire un gant pour le tendre au souverain en se présentant : « Je suis le duc d'Alençon qui a perdu son pari et je me rends à vous ! », il est massacré à coups d'épées bien qu'il crie encore qu'il est le duc d'Alençon. Le roi, remis debout par les gardes du corps, essuie ses poulaines sur la dépouille étendue du volcanique comme sur un paillasson. Grimpant par-dessus le tas humain, le comte d'Aumale, qui mène l'arrière-garde, envoie enfin huit cents mercenaires, soldats d'occasion et nobles de basse naissance, à la charge.

* * *

Pendant ce temps, des brindilles craquent faiblement sous des pas précautionneux dans la forêt d'Azincourt car Ysembart, le petit seigneur

local, avance lentement à la façon d'un fouleur
qui connaît tous les sentiers sinueux de ce bois
très dense. Ayant quitté son piteux castel à créneaux situé en lisière derrière des quantités
d'arbres, l'émacié moustachu quasiment en
haillons dans sa cuirasse à demi-épreuve mal ajustée est suivi par une colonne de deux cents paysans du cru qui serpentent, à sa suite, en file
indienne, contournant des chênes et des hêtres.
Ils relèvent doucement des branches, enjambent
avec soin des troncs tombés couverts de mousse,
des feuilles mortes se collent à leurs chevilles. Ils
ne vont pas à la cueillette de champignons, sinon
pourquoi porteraient-ils des serpes et des faux aux
luisantes lames très aiguisées en un endroit où il
n'y a rien à faucher ? Celui qui les guide – le
rejeté la veille avec mépris par les ducs et les
princes dans la tente blanche des hauts dignitaires
de l'armée française alors qu'il venait proposer
son aide – ondule maintenant tel un reptile pour
s'accroupir derrière de gros buissons en l'autre
bordure de la forêt. Les cultivateurs du village
d'Azincourt s'entassent à ses côtés et ne respirent
plus. Devant eux, non loin sur le plateau, ils
observent le charroi royal d'Henry V qui n'est
sous la protection que d'une dizaine de soldats
trop infirmes ou malades pour aller au combat.
Sont présents aussi quelques prêtres qui égrènent

avec dévotion les perles en os de leur chapelet.
L'un d'eux, front baissé, reçoit en pleine tonsure
un caillou de silex qui lui éclate le crâne. Les
serfs d'Ysembart, relevés, avec leurs frondes pour
chasser les oiseaux, visent à la tête les gens autour
du convoi à bagages du souverain presque sans
garde. Le nobliau du coin a eu l'idée de contour-
ner en traître l'armée anglaise non pas pour l'attaquer par-derrière et tenter de renverser le sort de
la bataille (dont il se fout) mais afin de piller les
chariots personnels d'Henry V, et ça marche !
(Pour une fois que quelque chose réussit à un
Français en ce jour, ici...) Se sachant sur ses
terres, il considère que tout ce qui s'y trouve doit
être à lui ainsi qu'à ses gueux, dont cette bourse
qu'il ouvre pour y découvrir pas mal de pièces
d'argent et beaucoup en or à l'intérieur d'une première carriole. Alors que la très tonitruante et
fumeuse bataille continue à faire rage en bas du
champ, à coups de faux et de serpes, les paysans,
eux, se lancent en silence à l'assaut des gardes
assaillis de tous côtés puis volent le contenu des
véhicules. Ils y délaissent les chandelles de suif et
celles de cire, les boîtes d'onguents, les courte-
pointes ouatées servant à dormir dessous, pour
ne faire main basse que sur les objets de valeur
dont, carrément, l'officielle couronne royale
ornée de saphir, rubis, perles. Ils s'emparent d'un

butin aisé à piller. Belle journée pour eux,
« *Happy day !* » comme dirait, si c'était le cas, un
prêtre anglais égorgé dont le sang se trouve projeté au portrait du roi que les gueux négligent
parce que, bon, l'art… Ils dérobent l'épée d'apparat d'Henry V incrustée de diamants et tout son
trésor enfermé dans des coffres dont ils feront
plus tard sauter les serrures. Un garçon de ferme,
nain bossu, se couvre de la cape royale brodée
d'or et bordée de fourrure qui traîne au sol puis
se coiffe de la couronne. Ses complices rient en
plaquant une paume contre leur bouche pour ne
pas faire de bruit. Très fructueux larcin rapidement accompli puis, chariots vidés, ils vont, char-
gés comme des mulets, rejoindre les bosquets
touffus jusqu'à un tunnel secret menant au
minable castel du sire d'Azincourt dont ils sont
fort satisfaits. De ce passage, où ils planqueront
tout en attendant, bien malin l'Anglais qui en
trouverait l'entrée dissimulée sous un rocher
devant lequel aura été remis du feuillage. Les paysans, suivant le seigneur Ysembart d'Azincourt,
fuient le convoi d'intendance tout comme un
curé rescapé qu'ils ont oublié mais qui cavale vers
la bataille pour alerter :

— *Havok ! Havok !*

* * *

— Pillage ! Pillage !

— Quoi, que se passe-t-il encore ?! demande le roi d'Angleterre, au casque cabossé et fleuron arraché, en se retournant pour voir courir vers lui un prêtre.

— Sire ! Sire ! À l'arrière, parmi vos chariots d'intendance, sur le plateau...

— Eh bien ? Une attaque à revers ?

— Ils ont même volé votre couronne et jeté du sang à votre portrait ! Ils vous ont tout pris !

N'importe qui, apprenant ça, serait déçu, mais quand c'est Henry V... Une scène de brigandage, ce n'est pas très joli comme mentalité, semble penser le jeune monarque repris par sa bruxomanie qui lui agite les muscles des mâchoires. Une incursion à l'improviste et l'assassinat de presque tous ceux qui y ont assisté, l'incident fait basculer le souverain anglais dans la plus grande fureur pendant qu'il regarde ses archers circulant au bord du champ de bataille en longeant la forêt de Tramecourt :

— Mais que font-ils, eux ?!

— Des prisonniers pour leur rançon...

Alors qu'une large partie de ses troupes, démobilisée, ne s'occupe plus que de multiplier les possibilités de s'enrichir, le roi gueule :

— Mais qu'ils arrêtent et reviennent au combat poursuivre le carnage !

Il s'encolère, face à l'avalanche continuelle de mercenaires qui continuent de franchir le mur de victimes pour venir dans la bataille avec une épée ou un gourdin au poing, et il panique quand il observe ses archers s'en aller avec chacun un riche noble capturé. Il craint qu'à Maisoncelle ces prisonniers, peut-être mis à délivre par les cambrioleurs de son propre convoi, s'emparent, même s'ils ont juré que non, d'armes abandonnées afin d'attaquer dans le dos l'armée anglaise, pendant que l'arrière-garde française passerait à l'assaut frontalement, et ainsi Henry V se retrouverait pris en étau, alors il décide :

— Que chacun des *longbowmen* tue son prisonnier ! Oriflamme de la mort, tous les prisonniers doivent se trouver décapités et leur tête mise au bout d'une pique sauf celles des princes, valant une somme vraiment démesurée, qui seront préservés !

En représailles du forfait commis par la horde de pillards du voisinage et en son appréhension, ce roi, connaissant l'infériorité numérique de son armée, ordonne la mise à mort des captifs pourtant déjà neutralisés. Dans la mer il serait un oursin. Les archers, ayant entendu le royal propos, contestent. Ils refusent d'exécuter un détenu qui peut rapporter gros et certains, avec culot, viennent le dire au monarque :

— Mais, sire, ce n'est pas dans les usages ! Normalement, un noble pris lors d'un combat ne saurait appartenir au roi mais devient le vassal de celui qui a obtenu sa reddition. Avec mon baron qui me propose la vaisselle en or, les joyaux, malles emplies d'habits sublimes et manteaux couverts de pierres précieuses qui sont dans son chariot, je ne veux pas abandonner le gain d'une telle rançon !

Trois autres misérables soldats malades et à poil tentent à leur tour d'infléchir le souverain :

— Mais moi, mon duc, s'il est mort il ne vaudra plus rien ! Ne m'ordonnez pas de me ruiner !

— Sire, j'ai vraiment fait aujourd'hui tout ce que l'on peut accomplir d'atroce mais je dois aussi faire bonne bataille, comme m'emparer d'un gentilhomme et le mettre à rançon !

— Quand je fus enrôlé on m'avait promis de pouvoir réaliser mon profit personnel partout où j'y parviendrais !

Près d'eux, même le maréchal anglais, dans son armure rayée, secoue sa tête grisonnante en s'offusquant de la royale décision :

— Majesté, la loi chrétienne interdit le meurtre…

— Une bataille est une parenthèse dans la loi générale ! rétorque Henry V, qui commande ensuite sans que cela puisse être encore contredit : Thomas Erpingham, désignez deux cents archers pour aller décapiter tous les prisonniers puis qu'ils retournent sur le champ de bataille.

Alors le maréchal et deux cents hommes partent faire le sale boulot en le regrettant beaucoup :

— Monseigneur, dit un *longbowman*, veuillez poser votre cou sur ce billot et croyez bien que ce n'est pas de gaieté de cœur que je vais vous trancher la tête… C'est pitoyable chose à exécuter ! avoue-t-il dans des pleurs en décapitant sa victime dont il aurait pu tirer grand profit si elle était restée en vie.

— Quel gâchis ! déplore un autre, envoyant valdinguer en l'air le crâne chauve d'un comte dont il aurait pu obtenir assez d'argent pour s'acheter une belle ferme et un grand troupeau.

Quand ce n'est pas leur prise mais celle d'un autre, bon, ça va, ils tuent en s'en foutant, mais quand c'est celui qu'ils ont attrapé ça leur fait une grande peine réelle. En voilà un, hache à la main levée, qui a souvent rêvé d'acquérir la taverne londonienne où il avait ses habitudes et d'en devenir le tenancier ravi. S'il y retourne après avoir coupé son noble en deux, il ne

pourra qu'à nouveau s'y accouder au bar, côté
clients hélas, en soupirant et dégustant son *ale*
à laquelle il trouvera un goût âcre.

— *Goodbye*, le rêve... dit-il en abattant sa
lame.

Les aisés sacrifiés aussi ont des regrets. Celui-
là n'en revient pas :

— Comment est-il donc possible que je
meure, étant si riche ? Quoi, l'argent ne peut
donc rien à cela ?

Des membres de l'ordre de l'Étoile et de la
Très Noble Maison, écœurés par les nouvelles
batailles dont les pratiques sont devenues si éloi-
gnées de celles des vieilles traditions de la chevalerie française auxquelles ils étaient tellement
attachés, mais qui semblent ne plus avoir cours,
vont d'un pas désabusé, tel du bétail, vers le
lieu de leur exécution. Quelques-uns demeurent
rétifs et refusent d'avancer en tentant une dernière fois de négocier :

— *Longbowman*, dans l'espoir de rester en
vie, je vous propose une rançon faramineuse...
Alors ?

— Arrêtez, vous me faites mal ! répond
l'archer en le décapitant puis il s'essuie les yeux
et glisse ses doigts mouillés de larmes contre les
joues de la tête du comte qu'il fiche au bout
d'une pique avant de la redresser verticalement.

Un noble, comme un rat pris au piège, se laisse conduire en évitant les lamentations :

— Peu me chaut en fait. Ma consolation est que l'âge, ce démolisseur de beauté, ne pourra plus faire de ravages sur mon visage.

Un très dodu baron tente de fuir mais il entend : « Attends un peu, grosse mémère ! » et, à bout de souffle, il est rattrapé pendant qu'il appelle :

— À la rescousse !

Et encore et toujours dans les mains anglaises une rage mortelle vers ces noyés d'abîme. Colart de Mailly voit tomber les têtes de ses fils faits chevaliers la veille. D'autres fratries sont massacrées. Un gendre meurt devant les yeux de son beau-père. Les mercenaires et seigneurs de basse naissance de l'arrière-garde française, venant de passer la dune de cadavres, sont horrifiés par le spectacle de tant de têtes humaines qu'ils voient là-bas comme flotter en l'air, sans corps, au-dessus de Maisoncelle, alors ils arrêtent l'affrontement et rebroussent chemin.

* * *

Le comte d'Aumale et le seigneur de Dammartin qui commandaient ce troisième corps de bataille battent aussi en retraite. Côte à côte, ils marchent tous deux piteusement en se tordant les chevilles sur des corps quand Aumale, à travers les trous de sa visière qu'il a gardée close, voit venir au loin, en une chevauchée furieuse, le duc de Brabant, portant lui-même sa bannière et qui pile devant eux :

— Désolé, messeigneurs, de m'être, hier soir, autant attardé pour un baptême dans un de mes châteaux à vingt lieues d'ici mais c'est qu'ils ont le sens de la fête, à Pernes ! Tout à l'heure quand j'en suis parti, pour aller assister aux réjouissances du triomphe français que j'imaginais, j'ai croisé tant de nos chevaux caparaçonnés morts, percés de flèches, dans des prés, et d'autres boiteux destriers de princes montés par des roturiers, alors je me suis dit qu'il y avait un souci. Mais que se passe-t-il ?

— C'est *la male journée*, lui répond Dammartin.

— Vous voilà, surgissant vêtu de velours et non couvert d'une armure ? s'étonne le comte d'Aumale.

— Je ne voulais pas perdre de temps à m'équiper ! J'ai fait le choix de devancer les six cents hommes de mon contingent pour filer le plus rapidement, justifie Antoine de Brabant, coiffé également d'un joli chaperon maintenant retenu au crâne par un turban en soie noué sous son menton. Voyez, je troue aussi mon étendard au milieu pour y passer la tête afin qu'il pende derrière mon dos et devant la poitrine, comme ça ils verront à qui ils ont affaire, les Anglais !

Blasonné à la va-vite, il éperonne illico son cheval et lui projette des ruades contre les flancs en criant :

— Je veux laver l'honneur de la France !

Au galop, épée au poing, il rejoint puis s'élance par-dessus la colline de percherons et d'hommes morts pour se jeter, seul, à l'assaut de l'armée ennemie tandis que le seigneur de Dammartin, qui l'observe, dit :

— Quand même, il arrive bien tard, lui…

Tué aussitôt, du crâne brisé d'Antoine de Brabant la cervelle se répand sur ses épaules alors que le comte d'Aumale précise au seigneur :

— Oui mais juste à temps pour mourir !

Ben voilà, hein ! On s'emporte, on s'emporte…

* * *

On n'entend maintenant plus aucun coup. Complètement maîtres du champ, les Anglais se trouvent sans un seul Français à affronter. Ils sont en fuite. À travers la brèche formée par le galop du cheval d'Antoine de Brabant sur la colline de morts, Henry V voit qu'aux abords

de Ruisseauville beaucoup de chariots d'intendance se sauvent de tous côtés. Les Français ont
eu leur compte. Les survivants dégagent de la
région au plus tôt afin de retourner vers leurs provinces respectives qu'ils n'auraient pas dû quitter.
Près du roi d'Angleterre une trompette sonne la
fin de la bataille. La pluie se remet à tomber. À
quatorze heures, l'affrontement est terminé. Il
aura duré trois heures. Henry V embrasse du
regard le champ plein de boue et de sang. Il n'en
revient pas lui-même et s'en dédouane à côté de
Thomas Erpingham :

— Ce n'est pas nous qui avons accompli
cette tuerie mais le destin.

Il est quand même gonflé ce jeune monarque
balafré qui a la réputation d'aller dans les prisons
de Londres éplucher des fruits en regardant se faire
dépecer ceux qu'il soupçonne de conspirer contre
lui. Aux alentours, des cloches de villages sonnent
les vêpres. Sous des nuages gris l'averse redevient
cinglante. Le vent du large siffle le long du terrain
bordé par les deux forêts d'où chutent à nouveau
des feuilles d'automne allant virevolter au-dessus
des milliers de corps étalés dans la gadoue dont
quelques centaines gémissent encore.

— Que c'est pénible à entendre cette
ambiance d'hôpital ! s'en agace le roi, ôtant son

bassinet au fleuron arraché. *Longbowmen*, achevez tous les soldats français blessés sauf les nobles que vous amènerez à notre campement !

En ce qui concerne l'humanité et l'éthique, Henry V…

Alors les archers vont au hasard sur le champ où fut anéantie la chevalerie française. Crevés eux aussi, ces perclus de fatigue par trois heures de combat à mort, méthodiquement, égorgent tous ceux sans armure qui continuent de palpiter. Quel épuisement encore ! Il ne reste plus beaucoup d'heures de jour avant le soir puis la nuit où tout devra être fini. L'un va ici, l'autre là parmi les débris vivants transpercés par des flèches ou des pointes de lances, des lames de haches. Ils finissent le boulot, coupent au couteau les carotides, mais calmement. D'autres relèvent les blessés anglais qu'ils emmènent à l'arrière et puis leurs morts dont ils se chargent les épaules.

— Combien de pertes pour nous, maréchal ? demande le souverain anglais au milieu de tant d'armes abandonnées qui jonchent le sol.

— À la louche, je dirais six cents hommes, sire, dont votre oncle, le duc d'York, qui vous a servi de rempart, et le comte de Suffolk.

— Pour ces deux-là, vous savez ce qu'il vous reste à faire…

Le héros du jour ne cherche pas à évaluer les pertes de l'ennemi, elles sont si nombreuses qu'on ne saurait les compter, mais au moins dix mille et tout ça sans un effluve de poudre, que du métal enfoncé dans des viandes. Ici, un riche Français et un pauvre Anglais gisent ensemble dans un baiser. Ils auraient dû commencer par là. Une ornière leur fait comme un nid. Cela émeut peu Henry V qui ordonne également à ses soldats :

— À coups de maillets, détruisez la face des gentilshommes occis afin que personne même de leur famille ne puisse jamais les reconnaître !

— Ça va prendre du temps, grommelle un archer, plus que la bataille...

Des éperviers planent.

* * *

Fleur de lys fait les cent pas, tourne en rond près du bord nord de la forêt de Tramecourt alors que, venus du monticule éloigné d'où ils ont observé toute la bataille, les deux hérauts traversent ensemble une partie du champ pour rejoindre le roi d'Angleterre. Celui-ci regarde la paire de régulateurs d'affrontements guerriers, toujours en livrée et avec leur officielle baguette blanche à la main, qui devront plus tard raconter partout le combat et glorifier les hauts faits du vainqueur. Henry V s'adresse directement au héraut français :

— Selon vous, Montjoie, à qui la victoire doit-elle être attribuée, au roi de France ou à moi ?

Près de son collègue qui a la banane, Montjoie déconfit répond :

— À vous, monseigneur.

— Comment nomme-t-on ce château dont on aperçoit les créneaux derrière la cime des arbres de cette forêt ? demande aussi le monarque qui ne sait même pas où il a accompli la déconfiture du monde féodal de Charles VI.

— C'est celui du village d'Azincourt.

— Eh bien, puisque toutes les batailles doivent porter le nom de la forteresse la plus proche, celle-ci, dès maintenant et perdurablement, aura nom : la bataille d'Agincourt.

— On prononce « Azincourt », sire ! rectifie le héraut français au roi anglais dont la partie gauche de la mâchoire démolie à Shrewsbury lui fait articuler les « zeu » comme des « geu ».

— Agincourt, c'est bien ce que z'ai dit.

* * *

Alors qu'Henry V, aux cheveux restés ébouriffés après qu'il a retiré son heaume, retourne à Maisoncelle sur son petit cheval gris qu'on lui a amené et qui va dorénavant au pas par-dessus ce qui est le tombeau de la chevalerie – une royale compagnie de morts –, les archers s'affairent à coups de maillets au milieu du carnage. À tour de bras, ils saccagent des visages de feus nobles réduits en bouillie à l'intérieur des bassinets ornés de décorations en or qui étaient destinées à effrayer les Anglais. C'est loupé. Ouvrage destructeur accompli à l'encontre de l'un d'eux, un *longbowman* se marre en se coiffant du luxueux casque d'un baron encore tiède mais à la figure devenue méconnaissable. Ces voleurs, violeurs, pauvres criminels enrôlés, ne s'emparent pas que des bassinets faits à Milan mais aussi de jambières, spallières, incrustées de pierres précieuses. L'un, de la pointe de la lame d'une dague, fait sauter un épais saphir bleu serti sous une étroite fente de visière en deçà de l'œil gauche :

— Oh, ben toi, tu avais une grosse larme. Je vais partir avec.

Autour des cous de gentilshommes défunts ils arrachent des pendentifs, médaillons en ivoire qui paieront des chopes de bière et des putains dans les faubourgs du Sussex. Les riches Français à la gueule pulvérisée se trouvent dépouillés de toute leur armure. Ils ne gisent alors parmi la boue qu'en tricot de peau et caleçon écru. Entre les gouttes de pluie qui redoublent d'intensité, les archers charognards vont en équilibristes sur la longue dune de corps pour fouiller ce charnier à la recherche de quelques encore vivants nobles de haut rang qui leur feraient gagner beaucoup d'argent. Là, bonne pioche, sous trois cadavres, le comte de Richemont identifiable aux queues de vison couvrant ses épaules. Très blessé, il souffre et gémit mais vit. Un ex-charpentier, qui a jeté tous ses enfants au fond d'un puits de Liverpool, le transporte comme un sac de plâtre. Croisant le roi en selle, celui-ci saisit quelques pièces qu'il lui tend négligemment :

— Voici douze pennys pour ton prisonnier.

— Seulement ? Mais, sire, regardez-le, entouré de queues de vison, il vaut dix mille fois plus !

— Il est très abîmé.

— Peut-être qu'il s'en sortira et que vous en tirerez grand profit !

— En vertu de mon droit je te l'achète au prix que j'ai dit.

Bon, c'est vrai que Richemont est en mauvais état mais parfois, creusant profondément entre des corps, on découvre une perle quasiment intacte. C'est comme dans les huîtres, ça n'arrive pas à tous les coups. Faut avoir du bol.

* * *

Après avoir balancé en bas de la longue dune de dépouilles des quantités de corps sans intérêt, quatre mains d'archers parviennent à extraire en partie, de sous d'autres monceaux de cadavres, Charles d'Orléans à peine égratigné. Ils le reconnaissent aussitôt grâce à son plastron d'armure, illustré d'un serpent couronné avalant un enfant, et s'en trouvent ébahis :

— Quelle perle, le neveu de Charles VI en personne !...

Ils auraient aussi pu dire : « le plus grand poète de son temps » mais de cela ils s'en branlent, ne songeant qu'à la somme hallucinante qu'il pourrait leur rapporter. Les deux archers très penchés observent, encore coincé entre des carcasses de chevaux, le duc d'Orléans à la tête relevée vers eux et qui cligne des paupières. Le poète paraît ne pas savoir s'il dort ou fait semblant d'être mort. D'un air interrogateur, il palpite également ses lèvres sans un son.

— Que voulez-vous nous demander ? le questionne un *longbowman*.

— Détourné du sentier de gloire pour se retrouver en forêt de longue attente, tirez-moi de ce triste tourment.

— Mais avec plaisir, monseigneur ! Nous allions vous le proposer.

Pleins d'infinies précautions, ils le hissent, le sortent du royaume des morts d'où il réapparaît, beau et jeune comme le jour. Après avoir remis sur pattes ce chevalier adoubé la veille, revenu au monde, les deux Anglais fort chanceux se disent en l'admirant :

— Alors là, celui-là, à l'état neuf en plus et qui n'a jamais servi dans la bataille, vaut une blinde !

Et puis, eh, futur roi de France possible, ce prisonnier ! Faut en prendre soin :

— Rafraîchissez-vous un peu, prince de sang, car je vous vois moult échauffé, conseille un archer en lui tendant sa gourde.

Charles d'Orléans s'en désaltère lentement au goulot, regardant autour de lui le vaste cimetière de la noblesse française défunte en caleçon et tricot de peau. Demeurant accablé, il rend la gourde à celui qui, constatant la stupeur du duc, s'inquiète :

— Qu'est-ce qui ne va pas ?

Le retrouvé sous des morts chuchote :

Il me faut plus penser que dire sans montrer ce que mon cœur ressent. Feignant de sourire quand je suis très triste, il me faut souvent plus penser que dire. Je tousse et soupire pour cacher secrètement mon tourment. Intime supplice, plus penser que dire !

Puis celui qui, encore enfant, a appris le meurtre de son père (frère du roi), en son goût fataliste naturellement teinté d'une légère ironie précise à propos du poème récité :

— Si je mens, que l'on me reprenne !

Les archers, largués par ce genre de subtilités, passent à autre chose :

— Veuillez, à main droite, rejoindre l'attroupement de mille cinq cents grands seigneurs faits prisonniers à Maisoncelle.

Le duc d'Orléans les accompagne en contemplant le désastre du paysage où la vie s'est écoulée, laissant un vide insoutenable. Voyant des *longbowmen* continuant d'égorger de simples soldats d'occasion blessés, des arquebusiers, des minuscules hobereaux simplement vêtus de cottes de mailles, tandis que d'autres cherchent des princes vivants comme dans une ruée vers l'or, les rimes en « a » et en « u » d'un rondeau viennent aux lèvres de celui qui scrute :

Puis ça, puis la,
Et sus et jus,
De plus en plus,
Tout vient et va.

Tous on verra,
Grans et menus,

Puis ça, puis la,
Et sus et jus.

Vieuls temps desja
S'en sont courus,
Et neufs venus,
Que dea ! que dea !
Puis ça, puis la.

* * *

Alors que le jour commence à baisser, sur une place du hameau servant de campement à l'armée anglaise le visage implacable et à moitié détruit d'Henry V est enveloppé par des tourbillons de vapeurs malodorantes aux senteurs d'urine, de vieille carne et d'excréments chauds. Le jeune roi d'Angleterre, nullement incommodé par ces fragrances à vomir, se trouve debout entre deux énormes chaudrons apportés là. Dans l'un des récipients, le duc d'York a été découpé en quartiers et mis à bouillir. La dépouille du comte de Suffolk subit le même sort à l'intérieur du second chaudron. Suivant la tradition anglaise, concernant les lords tués en terre étrangère, on ne rapportera que leurs os en Angleterre, quand la chair se sera détachée des squelettes. Plusieurs pieux à moules de la baie de Somme alimentent les brasiers sous la fonte des cuves. Quantité de grosses bulles éclatent à la surface dansante de l'eau quand le souverain, reconnaissant Charles d'Orléans, annonce aux deux archers qui le conduisent :

— Je vous en donne cinquante livres.

— Quoi, quelle arnaque ! ne peut s'empêcher de s'exclamer un *longbowman*.

— C'est bien plus que les douze pennys offerts pour l'acquisition du duc de Richemont.

— Mais, majesté, là, c'est peut-être le prochain roi de France ! Je suis certain que vous saurez en tirer presque cent mille livres d'argent ! Ah, non, non, non, nous ne le cédons pas à ce tarif ! Non mais, un tel prince, qui peut aussi vous réciter des poèmes même si on n'y comprend rien ! Nous refusons ce *deal*, sire !

— Préféreriez-vous que, sur mon ordre formel, vos têtes détachées se mettent maintenant à rouler dans la boue parmi toutes celles de gentilshommes qui nous entourent et sont merveille à voir ?

Affaire conclue au grand désappointement des deux vendeurs qui regardent leur prise fabuleuse rejoindre, sous très bonne garde, les nombreux autres riches prisonniers rassemblés à l'écart de Maisoncelle. Le roi savoure son emplette en marchant vers des plaintes d'Anglais blessés que douze chirurgiens opèrent devant une chaumière à la porte grande ouverte. Sur des tables installées dehors et sous la pluie, ici ça ampute et recoud à vif. Aucune blessure d'arbalètes qui sont toujours fatales (par temps sec !) mais beaucoup de fractures aux bras, aux jambes, que les praticiens savent réduire. Ils remettent aussi en place des clavicules et des rotules de genoux déboîtés qu'ils entourent de bandages plutôt efficaces. Des cordes d'arc servent à faire des garrots. Des emplâtres recouvrent des contusions. En revanche les thérapeutes refusent les ventres qui se vident de leurs intestins, les enfoncements de boîtes crâniennes et les colonnes vertébrales brisées, qu'ils ne peuvent traiter. Concernant les corps de ces patients, ils imposent aux archers valides :

— Allez jeter ça en haut du tas de cadavres là-bas.

Sous un toit de grange couvert de chaume détrempé par les averses, les blessés inguérissables sont balancés par-dessus les Anglais tués et entassés entre des couches de foin. Après en avoir bu de longues rasades au creux de leurs paumes jointes, les rescapés de l'armée d'Henry V, bourrés et épuisés, arrosent d'eau-de-vie le foin et de la paille auxquels ils mettent le feu alors que la nuit arrive. Un corps se casse vite et roule dans une gerbe d'étincelles. À l'aide de fourches il est remis sur le tas. Le toit de la grange s'effondre. La pluie siffle parmi les flammes et quelques cris d'agonie. C'est cauchemardesque. L'incendie éclairant une large partie du champ de bataille permet aussi de finir les préparatifs pour le départ du lendemain matin.

Samedi 26 octobre 1415

À l'aube, Henry, cinquième du nom, attend dans le brouillard près des deux énormes chaudrons qui ont été couchés afin de déverser leur eau encore chaude. À l'intérieur des récipients en fonte, parmi ce qu'il y reste, des mains de rudes soldats pas dégoûtés (quand même, ça à jeun…) ramassent par poignées de la chair humaine qui aura bouilli pendant une douzaine d'heures et qu'ils jettent sur les côtés pour, ensuite, ne plus récupérer que des os, jusqu'à la dernière vertèbre, et les balancer dans deux tonnelets distincts. De la paire de lords morts la veille au combat, les archers ont mis les têtes à part. Entre des mâchoires très écartées, les *longbowmen* glissent des pointes de flèches qu'ils enfoncent jusqu'au milieu des crânes et remuent pour les vider totalement du cerveau, dont celui de l'oncle du monarque qui contemple d'un air pensif de la cervelle familiale tombant en bouse blanche et fumante sur ses poulaines. Pendant qu'en plus des ossements on range les têtes de morts dans les tonnelets (sans se tromper !) et qu'on les clôt et cloue, des archers très anémiés font rôtir des marrons sur les braises demeurées rougeoyantes. Certains d'entre eux lorgnent avec appétit la viande archi-cuite des deux lords étalée au sol. Ils la regardent bizarrement en fronçant des yeux. Déjà tant de hauts faits écrits sur leurs fronts sillonnés, alors un de plus… D'autres peaux de marrons éclatent dans les cendres de l'incendie des funérailles de l'archerie anglaise. Le souverain dorénavant s'impatiente et, tandis que la pluie lui fouette le visage, il lance à la cantonade :

— Ma petite bande, mon heureuse petite bande de frères, soyez tous remerciés d'avoir si bravement exposé votre vie pour mon service. De retour au pays, je vous engage à vous souvenir de ce brillant succès et à le raconter, chanter peut-être ! Je remercie aussi le destin de ce que presque aucun de nos lords n'est resté sur le champ de bataille. Concernant la mort de quelques centaines de nos archers, je compatis vivement car j'ai horreur du sang répandu…

Pas mal, les tout derniers mots de son discours ! Comme quoi il peut être rigolo quand il veut, le jeune mec à la mâchoire de traviole, mais ça lui passe vite car il se remet déjà à gueuler en découvrant que des pyramides d'armures françaises à ne plus savoir qu'en foutre sont entassées sur tant de chariots du convoi :

— C'est trop lourd à transporter sur quinze lieues et ça va nous ralentir alors que je veux que d'ici demain soir nous soyons au port de Calais, prêts pour l'embarquement à bord du *Grâce Dieu* et du *Trinity*, les deux navires de huit cents tonneaux qui nous feront rejoindre Douvres. Des habits de fervêtus ennemis, que nul ne s'en charge plus qu'il n'en peut porter sans cesser d'aller au pas cadencé jusqu'à notre tête de pont en ce pays. Vite fait, sur les plateaux des chariots, ramassez de la tôle italienne ou allemande et délogeons d'ici !

Sans ordre et en confusion, absolument tous les archers se précipitent vers les pièces d'armures accumulées en vrac dont ils s'emparent au hasard. Ici une jambière de Milan et une genouillère d'Augsbourg, là un plastron pour couvrir la poitrine et un autre destiné au dos, dont les tailles ne correspondent guère mais ce n'est pas grave, pareil pour les métalliques poulaines articulées, de pointures différentes. Les *longbowmen* glissent aussi leur tête dans des casques à visière français. Les trop étroits sont rejetés mais ceux à l'intérieur desquels les crânes entrent iront même si ça ballotte. En fait la piétaille anglaise revêt à la va-comme-je-te-pousse les armures de la chevalerie française. Arrivés en ce bord sud du champ l'avant-veille coiffés d'osier et en tunique verte enduite d'une grande croix rouge, ils s'apprêtent à reprendre leur chemin habillés comme des princes quoique à partir d'éléments totalement disparates et ils s'en amusent, se donnent mutuellement des accolades en s'extasiant de l'allure fantaisiste du voisin. Ils sanglent mal les lanières alors c'est dans des tenues bringuebalantes qu'ils filent former leur convoi au son d'une trompette annonçant le départ près du monarque à cheval. Les Anglais en allés d'Harfleur il y a un peu plus de deux semaines pour rejoindre Calais – après un léger incident de parcours... – peuvent dorénavant traverser le champ d'Azincourt sans plus risquer de s'y faire emmerder. En tête de cortège, la monture d'Henry V imprime ses fiers sabots dans la terre remuée d'où émergent tragiquement les lambeaux d'une brume frissonnante et glaciale. En ce trou à coqs, tous saignés à blanc, les ornières débordent d'hémoglobine en dégageant un parfum de mort dont s'enivrent les narines du roi d'Angleterre qui chevauche à côté de son maréchal tout en admirant une dernière fois le lieu du désastre :

— Ah oui, Erpingham, le terrain fut bien fauché, vraiment la récolte est superbe ; aucun sillon qui n'ait des cadavres pour gerbes !

* * *

Après que la longue colonne d'Anglais a dépassé Ruisseauville, des silhouettes furtives arrivent de partout sur le champ de bataille. La nouvelle de la fantastique hécatombe irréelle s'étant répandue dans tous les villages, hameaux des alentours, les habitants abordent cet endroit où la mort a plané. Trottinant comme des rats, ils font lentement tournoyer les volutes de brume au ras du champ. Un paysan cagneux et son âne, apparences grises, sortent du brouillard qui efface encore le village d'Azincourt. Ce cultivateur, songeant qu'ici-bas rien ne dure, que tout passe, regarde des corbeaux picorer des têtes fêlées avec des cris pareils à des ricanements. D'autres villageois des environs viennent également en masse déshabiller les morts, glaner les chemises de drap ou en soie, tricots de peau, caleçons des punis à outrance pour leur outre-cuidance, afin de les laisser nus. Les oiseaux n'en ont plus de voix. Les femmes surtout, aux mains pleines de froid et jambes frileuses, retirent dans l'ambiance macabre du champ endeuillé les sous-vêtements des chevaliers occis. Au lavoir de Maisoncelle, elles iront les laver avec de la cendre d'archer anglais recueillie dans les décombres de la grange écroulée. Elles frapperont les tissus à coups de battoirs puis les tordront jusqu'au ras de la déchirure pour les essorer. Bien sûr il leur faudra prévoir du raccommodage car beaucoup de ces linges intimes ont été troués la veille. Les pauvres fermières en revêtiront leurs mari, fils, qui, cet hiver, se gèleront moins que les années précédentes. Elles garderont par-devers elles et leurs filles, sous des laines grossières, les princières chemises en soie d'Alexandrie pour aller traire. Rien ne se perd. Les hommes, eux, ramassent sur la terre flasque du champ de bataille médiévale tous les débris métalliques qu'ils y trouvent : pommeaux d'épées cassées, pointes de flèches (elles sont nombreuses), lames de haches démanchées. Dans des brouettes débordantes, ils apporteront à des forgerons de bourgs toute cette ferraille afin qu'elle soit refaçonnée en outils agricoles : serpes, faux, pelles, fourches… et christs en croix moulés qu'ils suspendront à leurs têtes de lit pour remercier Jésus (ou la vanité de la noblesse française) de ce cadeau inattendu. Les corbeaux qui tracent de grands cercles très au-dessus des misérables larcins attendent de repasser à table.

* * *

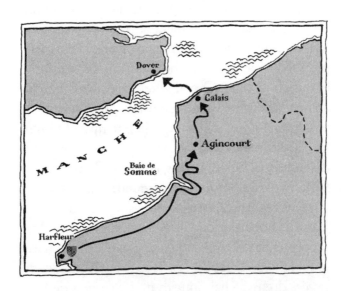

En chemin pour Calais avant de faire voile vers l'Angleterre, et derrière les chariots à bagages que des haridelles tractent au trot, les archers rangés vont à marche forcée suivis de la longue colonne de prisonniers que surveillent, en queue de convoi, les neuf cents lords à cheval, écoutant chanter les coqs de la campagne et tinter des cloches, sous la pluie. Les *longbowmen*, vêtus de très luxueuses armures dépareillées et coiffés de bassinets au-dessus desquels balancent des plumes de jeunes autruches et de paons, boitent, chaussés de poulaines d'acier rarement à leur taille sous des jambières souvent l'une plus courte que l'autre. Les commerçants qui les voient passer croient assister au défilé d'un carnaval. Puisque les visiteurs (?) efflanqués semblent affamés, les boutiquiers, tout en trottinant près d'eux, leur proposent l'achat de miches de pain, de lard fumé et du vin de Saint-Omer, affreuse piquette, que les archers paient en bagues de princes sans ralentir le pas. Derrière eux, sachant que leur temps est révolu, les captifs nobles à rançon vont en une troupe plus dolente, mal rêveurs dans le vague d'une bizarre fable. Seuls les prisonniers de grande valeur sont du voyage. Les Anglais n'allaient pas se prendre la tête avec un hobereau de village normand qui ne leur rapporterait guère plus qu'une pile d'assiettes fêlées et un fauteuil défoncé. Les hautes seigneuries, composées du maréchal Boucicaut, des comtes de Vendôme et de Richemont plus seize cents autres gentilshommes, se traînent à pied direction les prisons londoniennes, ce qui fait qu'un lord confie à son voisin de chevauchée :

— On pourra dire aux gens : « Si vous voulez voir la France allez à Londres ! »

Les vaincus de haut rang, dont les ombres s'étirent en d'étranges regrets et probablement capturés loin des leurs pour de longues années dans des conditions absolument catastrophiques en attendant les règlements de rançons, ont pour l'instant soif et voudraient se restaurer afin de prendre des forces. Henry V, en tête de cortège, enjoint à l'un de ses valets à dos de mule d'aller donner du pain et du vin de Saint-Omer au duc d'Orléans. Le larbin revient bientôt annoncer à Sa Majesté que ce prisonnier refuse toute nourriture alors le monarque à cheval, accompagné de son porte-étendard, descend le long du convoi jusqu'au niveau de l'éventuel héritier légitime du trône de France pour lui demander :

— Beau prince, comment vous va ?

— Bien, monseigneur.

— On me dit que vous ne voulez ni boire ni manger.

— Il est vrai, je jeûne…, lui répond Charles d'Orléans qui courbe sa tête humiliée, recevant des plis trempés de la bannière d'Angleterre qu'une bourrasque agite contre son visage.

Il se sent giflé par les léopards peints sur l'étendard anglais.

— Beau prince, reprend Henry V, ne prenez souci. Je sais bien que si le destin m'a fait la grâce de gagner la bataille sur les Français, ce n'est pas que j'en sois digne mais c'est, je le crois fermement, qu'il n'y a pas à s'en étonner si ce qu'on m'a raconté est vrai. On me dit que jamais en France il ne s'est vu autant de désordre, de voluptés, de prétentions, d'arrogance qu'aujourd'hui. C'est pitié de l'ouïr et horreur pour les écoutants. Que le sort s'en soit courroucé n'est pas merveille.

— Il n'y a rien à ajouter à un tel fait, reconnaît le neveu du roi de France.

L'omme esgaré ne scet ou il va

— Du 14 août au 8 octobre, n'en revient pas le jeune souverain à la mâchoire brisée, le siège d'Harfleur a pris presque deux mois. Il est étonnant que Charles VI n'en ait pas profité pour, à la tête de son armée, venir nous écraser. Comment réagira-t-il à l'annonce de la stupéfiante défaite et apprenant que tous ceux de sa cour allés à Agincourt n'en reviendront pas, que plusieurs cousins de sa famille y sont morts ainsi que son grand maître des arbalétriers, même son porte-oriflamme et le maître de son hôtel Saint-Pol ?...

— Il mesurera le vide fait autour de lui. Tout recouvert d'attelles de protection, il ira s'enrouler dans le rideau d'une fenêtre pour s'y cacher en criant : « J'ignore où se trouve la France. Je ne connais pas son roi. Je suis Georges ! » Les derniers membres présents de sa cour en auront grande tristesse.

Henry V, sous un large chapeau de cuir et une cape de fourrure où l'averse ruisselle, continue de converser avec son prisonnier de choix à qui il annonce qu'il exigera pour sa libération la somme folle de trois cent mille écus d'or.

— Monseigneur, soupire Charles d'Orléans, je sais qu'en France personne ne pourra réunir le montant si élevé de ma rançon, et que donc je mourrai en Angleterre…

— Beau prince, effectivement, tant que je croirai que vous avez une chance d'accéder au trône, je ne voudrai vous permettre d'être acheté. Vous serez enfermé dans une cellule de la sombre et sinistre prison de Windsor, qui n'a pas coutume de rendre ceux qu'elle reçoit. On me dit que vous êtes aussi poète. Tenu très long-temps, vingt-cinq ans peut-être, en cage d'ennui et de brouillard, vous n'en chanterez que mieux !

Le jeune roi cruel pique son cheval et s'échappe en remontant le cortège. Dans une ornière, sa monture renâcle. Il accable la bête de jurons. Arrivé à hauteur de ses archers qui sentent mauvais, il les presse :

— Allez, on accélère, après ce seront d'abord les tavernes du port de Calais puis celles de notre île !

Le vent pluvieux venu de la Manche vole et court sur la famélique armée anglaise qui sait qu'elle est entrée dans la légende. Un rugueux Londonien à l'accent cockney très prononcé entonne soudainement un air improvisé et se met à chanter un éloge de la bataille auquel se mêlent toutes les autres voix anglaises du convoi, en vieil anglois comme il existe du vieux françois :

Owre Kynge went forth to Normandy
With grace and myght of chyvalry
Ther God for hym wrought mervelusly ;
Wherefore Englonde may call and cry :
   Deo gratias...

(Notre roi s'en est allé en Normandie
Avec élégance et plein de chevalerie.
Là, Dieu a merveilleusement œuvré pour lui.
C'est pourquoi l'Angleterre devrait dire et crier :
   Grâce à Dieu

(…)

Sur le champ d'Azincourt il combattit virilement
Et emporta la place, la victoire.
Là, ducs et comtes, seigneurs et barons,
Ont été tués en bien peu de temps
Puis beaucoup, faits prisonniers, amenés à Londres)
   Deo gratias

D'ici que la chanson d'Azincourt (*Agincourt Song*) devienne pour les siècles à venir une sorte d'hymne anglais il n'y a pas loin.

* * *

En tout début d'après-midi et d'un pas las de son destrier, l'évêque de la ville d'Arras, qui n'est pas très loin, arrive au bord du fameux champ devenu synonyme de défaite absolue. Sur un grand cheval couvert de drap rouge bordé de clous dorés, le dignitaire religieux du diocèse est accompagné d'ouvriers terrassiers et d'un cultivateur effondré :

— Bien la peine que j'aie semé ici du blé d'hiver, au printemps tout va pousser de travers...

En tout cas, son terrain est très fertilisé par le sang de milliers de morts enchevêtrés et nus comme au sortir de leur mère. Impossible de donner des noms à ces cadavres abandonnés à la pluie, aux oiseaux de proie. À coups de maillets ils ont tous été défigurés. Rien pour les reconnaître, ni armure ni sous-vêtements et, à l'annulaire des mains gauches, plus de chevalières gravées d'armoiries ou d'initiales. Elles ont été volées pour acheter du pain et du vin de Saint-Omer. Partout des déchets de viandes mélangées, des bouches crevassées dont l'odeur fait mal au cœur. C'est ce qu'il reste de leur passé ainsi que des poitrines ouvertes à jour. Une nouvelle averse lave leurs faces pâles. La pente du champ refait murmurer ses eaux le long des rigoles. Au lendemain de la terrible journée, marquée du sceau de la fatalité, où rien ne s'est passé comme avaient prévu les Français en leurs combats d'enfants pour un roi fou, l'évêque demeure estomaqué alors que l'agriculteur qui l'a accompagné lui demande :

— Qu'ordonnez-vous, votre excellence ?

— Le clergé fera creuser en bordure de ce champ trois longues fosses communes au fond desquelles seront enfouis en vrac tous ces corps. La terre qui les recouvrira sera bénite et autour des fosses on devra planter des buissons d'épineux afin d'éviter que des animaux errants viennent gratter le sol pour dévorer leurs restes. Déjà qu'ils ont été défoncés par les Anglais, si en plus ils devaient être mangés par les loups…

* * *

Plus tard dans l'après-midi, au sud du champ, apparaît enfin au loin l'étendard blanc parsemé d'une multitude de mouchetures d'hermines noires du duc Jean V de Bretagne. Il aura mis le temps, celui qui de toute façon n'était pas très chaud pour venir combattre ici les Anglais. À la tête d'une troupe importante de deux mille hommes à pied, il amène aussi trois cents putes armoricaines qui se seront fait désirer et qui descendent seulement maintenant des chariots d'intendance en recouvrant leurs épaules d'un indispensable châle jaune. Pendant que les filles errent, tentant de reconnaître quelques corps qu'elles auraient pu croiser avant dans d'autres batailles, Jean V arrivé trop tard, bras croisés appuyés contre l'encolure de son cheval, observe en hochant la tête le spectacle de l'incroyable défaite. Entre les dorures automnales des deux forêts une même destinée lie en ce jour les combattants de l'armée des princes. Un capitaine breton va palper, en professionnel de la boucherie, plusieurs dépouilles nues pour juger de leur rigidité cadavérique puis vient prévenir le duc :

— Elles n'ont pas encore beaucoup gonflé. L'abattage doit dater d'hier. Avec notre contingent on pourrait rattraper le convoi des Anglais pour les combattre.

— On pourrait...

Mais ils font demi-tour et retournent au pas vers la Bretagne.

Sous une ondée redevenue virulente, la fatigue incline la tête de Fleur de lys, seule. Assise sur une barrière à l'écart, cette jeune femme pâle regarde le champ. Des feuilles folles se plaquent contre elle et la narguent, avec des larmes de pluie dans le vent tenace et monotone. Le jour décline. Tout est devenu silencieux. La coureuse de remparts paraît absente. Dorénavant, calme, elle enjambe, pleine d'ennui, des cadavres gisants qui l'ont peut-être baisée. Tout est ruine et deuil. Les cheveux de Fleur de lys pleurent, épars, autour de son front comme des branches de saule. Ses deux pieds sur des poitrines d'hommes nus et bites à l'air qui ne font plus leurs fières, elle écarte ses jambes et remonte sa robe à mi-cuisses. Debout (toujours debout !), en plein milieu du champ de bataille, Fleur de lys pisse.

Remerciements pour leur collaboration plus ou moins volontaire à :

Jules Michelet, *Histoire de France, Charles VI* (Éditions des Équateurs) / Bernard Lyonnet, *Charles VI le Fol* (Héritage architectural) / Ernest Dupré, *La Folie de Charles VI, roi de France* (Histoire) / William Shakespeare, *Henry V* (Flammarion) / Dominique Paladilhe, *La Bataille d'Azincourt, 1415* (Perrin) / Valérie Toureille, *Le Drame d'Azincourt, histoire d'une étrange défaite* (Albin Michel) / Philippe Contamine, *Azincourt* (Julliard) / François Neveux, *Azincourt, la dernière bataille de la chevalerie française* (Éditions Ouest-France) / René de Belleval, *Azincourt* (Dumoulin) / John Keegan, *Anatomie de la bataille* (Perrin) / Honoré Bonet, *L'Arbre des batailles* (Ernest Nys) / Charles d'Orléans, *En la forêt de longue attente* (Gallimard).

Cet ouvrage a été mis en pages par

<pixellence>

Achevé d'imprimer en décembre 2021
dans les ateliers de Normandie Roto Impression s.a.s.
61250 Lonrai
N° d'impression : 2106093
N° d'édition : L.01ELIN000570.A004
Dépôt légal : février 2022

Imprimé en France